LES HOMMES ET LES IDÉES

Remy de Gourmont et son Œuvre

PAR

PAUL DELIOR

AVEC UN PORTRAIT ET UN AUTOGRAPHE

PARIS

MERCVRE DE FRANCE

XXVI, RUE DE CONDÉ, XXVI

—

MCMIX

LES HOMMES ET LES IDÉES

Remy de Gourmont et son OEuvre

PAR

PAUL DELIOR

AVEC UN PORTRAIT ET UN AUTOGRAPHE

PARIS

MERCVRE DE FRANCE

XXVI, RUE DE CONDÉ, XXVI

—

REMY DE GOURMONT

ET SON ŒUVRE

L'oreille de la pensée est un jeu, mais il faut
que ce jeu soit libre et harmonieux. Plus vous
le concevrez inutile et plus vous donnerez le moindre heure
à la beauté, tel est peut-être son seul mérité possible —
N'y laissez pas entrer, tu même, ces petites idées sans
portées qui trottent les cerveaux corrompus, comme
les clopates, les bois pourris.

(une Nuit au Luxembourg)

Remy de Gourmont.

La vérité est une illusion et l'illusion est une vérité.

Une Nuit au Luxembourg, p. 61.

I

Voici plusieurs sentiers, les uns, faciles et fleuris avec la fraîcheur pressentie de la rivière où *Simone* se baigne ; d'autres, sinueux entre des chênes aux fatidiques murmures, conduisent à la retraite des amants et des sages ; et ceux-ci, où les pas hésitants n'osent poursuivre, s'en vont, à travers broussailles et ronces, vers des clairières pleines d'ombre odorante. Lequel allons-nous choisir ? Quel est celui qui mène au cœur de la forêt ? Notre curiosité hésite et doute. Par quel livre entrerons-nous dans l'œuvre de M. Remy de Gourmont ? Quel est celui qui nous livrera son âme ?

Lorsqu'on jette un regard d'ensemble sur cette œuvre, on ne laisse pas que d'être étonné de la voir si diverse et si complexe. L'esprit, qui aime les simplifications et veut classer les hommes, ne sait en quelle catégorie ranger celui-ci. Il a publié des romans, des contes, des poèmes : il est grammairien et mieux : philologue ; c'est aussi un moraliste qui se plaît à la critique des mœurs et des hommes ; on trouve enfin un philosophe et un grand érudit ; la critique des idées, des œuvres et des doctrines ne forme pas la partie la moins importante de sa production. Comment retrouver sous d'appa-

rentes contradictions les traits caractéristiques de
cette personnalité ? Où peut-on saisir l'âme de
M. R. de Gourmont? Elle est d'une agilité inouïe.
Vous pensez surprendre enfin son attitude et la
fixer; mais elle se métamorphose sans cesse. Cet
esprit veut *être ;* et il change afin de se différencier
constamment des autres, de lui-même, et d'éviter
toute cristallisation.

D'un romancier contemporain, R. de Gourmont
écrivit un jour, et le mot fit fortune — qu'il était
un *spectacle magnifique.* M. R. de Gourmont est
un spectacle magnifique. On admire en lui une
richesse excessive d'émotions et de pensées. Les
facettes de son talent brillent chacune d'un éclat
différent, et net. Il ne saurait y avoir d'équivoque,
ni d'incertitude. Une seule de ces tendances, tant
elles sont dégagées de tout balbutiement, suffirait
à rendre précieuse une âme. Mais pourquoi parler
de l'âme de M. R. de Gourmont? Il a une infinité
d'âmes, comme le ciel passe, depuis l'aube pâle
jusqu'aux violences du couchant, par toutes les
nuances où le jour décompose sa lumière. Il a tour
à tour un visage d'idylle, de drame, de féerie. Il y
a en lui le poème bucolique, la chanson d'amour,
les drames pathétiques, le sublime orgueil que le
soir drape de sa pourpre. L'esprit et les yeux sont
éblouis. Ayant relu, à la suite les uns des autres,
une vingtaine d'ouvrages de cet écrivain, j'ai ressenti
une sorte de vertige intellectuel à parcourir tant de
paysages d'une variété toujours curieuse et séduisante; une belle plénitude de pensée soulève l'esprit ivre d'une grande ivresse, et qui sait enfin qu'il
est délivré. M. R. de Gourmont est un libérateur.

On n'est plus l'esclave de rien lorsqu'on a su comprendre son œuvre et si l'on peut en supporter
l'audace. En présence d'une telle pluralité d'âmes, il

est impossible de ne pas songer à la pauvreté psychologique habituelle aux hommes. La plupart des cerveaux, mécaniques simples et frustes, ne réagissent que d'une façon peu variée. Un homme souvent pourrait être synthétisé d'un mot. Il est sous la domination d'une seule tendance. C'est l'œuvre de l'art littéraire de créer ces types où s'exagère jusqu'à la perfection cette inclination unique, qui, la plupart du temps, règne, médiocrement, dans la pauvre âme humaine.

L'art exige une telle simplification, et l'analyse aussi. C'est pourquoi, cherchant à dénombrer les âmes de M. R. de Gourmont, j'ai pensé que Platon en donnait trois aux hommes. Je réduirai à trois les âmes de M. R. de Gourmont. Aussi bien ce nombre est-il très philosophique. Pythagore l'appelait *le premier parfait*, car il contient, le premier, un commencement, un milieu et une fin.

Platon accorde à l'homme trois âmes, ou plus précisément deux, dont la seconde se divise elle-même en deux parties. On trouvera peut-être qu'il y a du pédantisme à citer du grec « en ce temps où le primaire est roi » (1), mais je m'en tiendrai à trois mots, afin de ne pas mériter trop de rigueur. L'esprit, l'intelligence : νοῦς, siège dans la tête ; le θυμός est dans la poitrine et comprend les sentiments et les passions ; l'ἐπιθυμητικόν réside dans le ventre, avec tous les appétits qui assurent la conservation de l'individu et de l'espèce. Cette dernière âme était vile au regard de Platon. C'est « une bête féroce, qu'il est pourtant nécessaire de nourrir pour que la race mortelle subsiste (2). » Nous verrons que

---

(1) *Dialogue des Amateurs*, p. 253.
(2) Cf. *Œuvres de Platon*, traduction V. Cousin, *Timée ou de la Nature*, tome XII, pages 196 à 200. Rey et Gravier, éditeurs, 1839, Paris.

M. R. de Gourmont est l'un de ceux qui restituè-
rent sa dignité à la sensibilité.

Il n'est pas malaisé de retrouver, dans cette distinction, la sensation, le sentiment et l'idée, qu'on
différencie afin de pouvoir les étudier plus à l'aise.
La plupart des hommes ne possèdent que l'une de
ces trois âmes et le plus souvent l'ἐπιθυμήτικον. Ils
sont en général et seulement « des sacs où passe de
la nourriture ». Ceux qui sont tenus pour supérieurs
ont le θυμός, avec sa vertu : le courage. La vie leur
appartient. Ce sont ceux qui réussissent. Le νοῦς
n'est pas considéré parmi les hommes ; il est anti-
social. Les sages ne sont chez eux que dans le désert.
M. R. de Gourmont a mené ces trois âmes à un
merveilleux épanouissement, et l'on va étudier dans
son œuvre les tendances esthétiques, les sentiments
moraux, les idées philosophiques. « Il faut cultiver
notre jardin », conseillait Candide. « Il est du
devoir d'un individu de cultiver sa personnalité, de
la développer dans tous les sens qui ne sont pas
anti-sociaux, de la pousser à bout », écrit R. de
Gourmont (1). Dans les diverses régions de la sensibilité, du sentiment et de l'intelligence, il a fait
pousser les fleurs les plus rares ; il a déjà cueilli de
belles et nombreuses gerbes ; et l'hiver tardera
longtemps encore à venir.

II

L'esthétique rattachée à l'ἐπιθυμήτικον, cela n'est
pas selon l'Évangile de Kant, mais s'accorde avec
la conception scientifique de R. de Gourmont.
Avant même que parût le livre de M. R. Quinton,
lorsque sa doctrine était encore éparse dans des

(1) *Epil.*, III, p. 44.

communications à l'Académie des Sciences, R. de
Gourmont indiquait la plus importante conséquence
philosophique de cette découverte : l'homme était
replacé dans la série animale. Il venait à son rang
et n'était plus juché au haut de l'échelle des êtres,
comme l'accomplissement et le but d'une évolution
qui aurait atteint avec lui l'état de perfection où
pouvait prétendre la nature (1). Cette remarque
semblerait trouver plus logiquement sa place au
chapitre que je consacrerai à la philosophie. Mais
toutes les manifestations d'un esprit sont solidaires
et puisque j'ai cité le Chemin de Velours, j'y trouve
cette excuse : « L'esprit humain est si complexe et
les choses sont si enchevêtrées les unes dans les
autres que, pour expliquer un brin de paille, il faudrait démonter tout l'univers (2). » Il convenait
de débuter ainsi, parce que R. de Gourmont est
un physicien. Et les esprits légers l'entendent même
dans les deux sens : il est celui qui, dans tout
ce qui touche à l'homme, voit des phénomènes de
la série physique ; il est celui qui jongle avec les
idées en prestidigitateur. Mais ce second aspect est
de première vue seulement. Cette impression pro-
vient de son extraordinaire souplesse d'esprit. Il ne
faudrait pas comprendre — au contraire de ce qui
est — que nous avons en lui un de ces sophistes,
qui s'amusent des mots, et remuent seulement dans
leurs controverses sonores et creuses des phrases
vides de toute réalité. Non. Il est logique, jusqu'à
l'extrême : voilà tout le secret de son apparente
magie. Il ne redoute pas les conséquences et les
déduit avec un désintéressement presque toujours
ironique. Et sa logique n'est pas une logique verbale, d'une rigueur figée, mais telle au contraire

(1) R. de Gourmont, le Chemin de Velours, note 1, de la page 10.
(2) P. 8.

que sa nouveauté consiste à être flexible, à se plier
aux valeurs de la vie. Elle ne s'exerce pas dans l'abs-
trait. Je dirai encore, et ceci m'a tout à fait déter-
miné à rattacher l'esthétique à l'ἐπιθυμήτικον, que la
beauté pour R. de Gourmont, comme pour Stendhal,
est *une promesse de bonheur*.

Avant toutes choses, il est « adorateur des
formes, des sons, des mots ! Par cela même
artiste (1) ». Sa sensibilité est très nuancée, très
subtile et très profonde. Ce dernier qualificatif
a bien perdu de sa valeur ; il faudrait, avant de
l'appliquer à cet écrivain, lui restituer son sens le
plus fort. Les sensations ont en lui un retentissement prolongé. Cette âme, ouverte à toutes les
émanations de la nature, reçoit avec amour toutes
les images, toutes les musiques, tous les parfums,
les savoure avec délicatesse et violence, et ordonne,
à se les remémorer, de savantes voluptés. R. de
Gourmont est un maître dans les raffinements ; on
verra même à l'examen de son œuvre que sa recherche voluptueuse s'exagère quelquefois au point
de s'égarer du côté du sadisme. C'est un sensuel
délicat et violent tout ensemble, je le répète, un
païen dépaysé dans notre civilisation imbue de morale et de pensée chrétiennes. Les restrictions édic-
tées, il a vu combien elles étaient hypocrites et
factices ; son effort s'est employé à rénover le culte
de la nature et de la beauté en retrouvant d'abord
le sens perdu de ces mots. Ce qui est naturel, c'est
tout ce qui est normal, selon la biologie ; et tout
même est naturel. Et ce qui est beau n'est pas en
dehors des choses de la chair ; au contraire. R. de
Gourmont, interprétant à sa manière la pensée
d'Epicure, a rendu leur noblesse logique à toutes

(1) F. Nietzsche, *Crépuscule des Idoles.*

les fonctions de notre physiologie. Il faut savoir
jouir de tous nos organes. Il n'y a plus de plaisirs
bas, ni de choses viles, surtout depuis que Zara-
thoustra a retrouvé le sens de la terre et proclamé
que Dieu était mort. Ceci n'est pas hors du sujet :
la jouissance esthétique pousse ses fleurs plus ou
moins haut dans le désintéressement et le loisir,
mais elle a ses racines mêmes dans notre organi-
sation physique. Elle est en intime concordance
avec l'état de nos organes.

L'esthétique de R. de Gourmont peut être carac-
térisée d'un mot : c'est le symbolisme. Il est vrai
que ce mot est imprécis, mais en montrant de quelle
manière cet écrivain l'a compris, nous allons l'enrichir de toute l'intelligence et de toute la sensibilité qui embellissent son œuvre. Il a deux signi-
fications, l'une occasionnelle et l'autre permanente.
Il se trouve que chez R. de Gourmont ces deux sens
se rejoignent dans l'unité ; mais cet accord n'est pas
nécessaire. Réduit à son sens momentané, le symbolisme est une étiquette vaine ; il désigne la réaction contre la tyrannie du naturalisme en prose et
des parnassiens en poésie. Ceux qui furent appelés
symbolistes ne pratiquèrent pas tous un art symboliste.

R. de Gourmont, dans *l'Idéalisme* (1), a défini
ainsi sa seconde signification :

Il doit s'enquérir de la signification permanente des
faits passagers... Il doit chercher l'éternel dans la diver-
sité momentanée des formes... Je sais bien que, par la
définition même de l'idéalisme, le permanent lui-même
ne peut être conçu que comme personnel, c'est-à-dire
comme transitoire, et que ce qu'il y a d'absolu vraiment
est incogniscible et hors d'être formulé en symboles ; ce

(1) Voir *Chemin de Velours*, pp. 207 et suivantes.

n'est donc qu'au relatif absolu que vise le symbolisme,
à dire ce qu'il peut y avoir d'éternel dans le personnel.

Et ailleurs :

La littérature n'est pas, en effet, autre chose que le
développement artistique de l'idée au moyen de héros
imaginaires (1).

Qu'est-ce autre chose, cela, que l'art, l'art sans
épithète, celui qui veut durer, celui qui n'a pas de
préoccupation étrangère à lui-même? Le symbolisme
de R. de Gourmont n'exprime que la théorie universelle et éternelle de l'art. Il enseigne à considérer les choses *sub specie œternitatis*.

Chaque écrivain apporte uniquement, et même
dans les définitions qui prétendent à l'objectivité
absolue, le reflet de sa personnalité propre. Mallarmé ayant à expliquer le symbolisme se définit
lui-même. Le génie du mystère, le subtil poète du
clair obscur pourrait-il parler de même que le
peintre franc du plein jour, amoureux de la belle
clarté (2)?

Ces éclaircissements donnés par R. de Gourmont
laissent entrevoir ce qu'il va tenter lui-même ; on
devine qu'il s'efforcera de voir de haut, et que son
œuvre d'artiste sera synthétique. S'il n'est pas

(1) Le *Livre des Masques*, p. 9.
(2) « La contemplation des objets, l'image s'envolant de rêveries
suscitées par eux sont le chant. les Parnassiens, eux, prennent la
chose entièrement et la montrent ; par là, ils manquent de mystère ;
ils retirent aux esprits cette joie délicieuse de croire qu'ils créent.
Nommer un objet c'est supprimer les trois quarts de la jouissance
du poème qui est faite du bonheur de deviner peu à peu ; le suggérer, voilà le rêve. C'est le parfait usage de ce mystère qui constitue
le symbole ; évoquer petit à petit un objet pour montrer un état
d'âme, ou, inversement, choisir un objet et en dégager un état
d'âme par une série de déchiffrements. » St. Mallarmé. *Enquête sur
l'Evolution littéraire*, 1891.

arrivé du premier coup à la maîtrise, il n'a pas non plus derrière lui d'œuvre dont il soit forcé de rougir. Il a subi des influences ; le contraire serait absurde. Si, par hasard, cela était possible, il y faudrait voir la preuve d'une totale absence de sensibilité.

On subit le milieu où l'on a d'abord évolué et on en garde la marque. La marque symboliste est noble, et je tiens beaucoup, pour ma part, à la porter visible et même impertinente (1).

Il y a une forme générale de la sensibilité qui s'impose à tous les hommes d'une même période (2).

On trouverait, en ce dernier aphorisme, l'explication de la conformité des œuvres à un certain moment de l'évolution littéraire. Il faut débuter dans l'imitation involontaire et inconsciente ; cela est inévitable, et puis on se délivre, si l'on peut. Et l'on a toujours cette force quand on doit prononcer à son tour une parole personnelle.

Il était impossible, de 1885 à 1895, d'écrire en vers ou en prose sans songer à Mallarmé ou à Verlaine (3).

Les mots m'ont donné peut-être de plus nombreuses joies que les idées, et de plus décisives... Je les aime en eux-mêmes pour leur esthétique personnelle, dont la rareté est un des éléments ; la sonorité en est un autre. Le mot a encore une forme déterminée par les consonnes ; un parfum mais difficilement perçu, vu l'infirmité de nos sens imaginatifs (4).

C'est l'époque où R. de Gourmont publie ces livres où ce ne sont pas seulement les papiers ni les

(1) *Epil.*, 1902-1904, p. 19.
(2) *Le Probl. du Style*, p, 29.
(3) *Promenades littéraires*, 1re série, p. 202.
(4) *Chemin de Velours*, pp. 226-227.

tirages qui sont bizarres jusqu'à l'affectation. Il
écrit alors ces poèmes en prose étranges : *le Livre
des Litanies.* Cette ivresse verbale trouva sans
doute son approbation chez le maître du « Phéno-
nomène futur » qui l'avait déterminée. L'exemple
de sa vie adonnée à l'art, discrètement élégante,
ajouta plus d'autorité à une influence que le talent
seul eût justifiée. Le même amour du mot rare
et de la tournure elliptique se découvrent à ce
moment chez l'un et l'autre écrivain. Ces recherches, si elles conduisent à ne réaliser que des
œuvres entachées de préciosité, — d'ailleurs d'une
saveur et d'une beauté certaines — sont cependant
utiles parce qu'elles enseignent à écrire avec scru-
pules, à choisir une forme précise et harmonieuse.
Mais il faut être assez fort pour se débarrasser
d'elles au moment où elles deviendraient tyranni-
ques ; elles pouvaient avoir pour conséquence d'en-
traver une pensée hardie et rapide. *Le Fantôme*
est certes d'une écriture précieuse, elliptique, et
la domination de Mallarmé s'affirme ici, comme
s'étend l'ombre de Mæterlinck dans le court mystère : *l'Histoire tragique de la Princesse Phénissa ;* mais *le Fantôme* n'est pas de la musique
verbale toute pure. Cet étrange roman, subtil et
naïf, contient des dissertations philosophiques, de
délicates controverses. On y rencontre ce contraste
piquant du sensualisme païen et du mysticisme
chrétien. Tous les sceptiques de notre temps, d'ailleurs, affectent volontiers une tendresse, presque
pure de toute ironie, pour les légendes de la religion chrétienne. Ils y détournent leur amour du
paganisme. Dans *le Fantôme,* on goûte le plaisir
sacrilège de ces deux cœurs, consacrés à Dieu,
semble-t-il, et qui se donnent la satanique joie de
violer leurs vœux, de se damner délicieusement. On

y parle comme si l'on était en religion. On y contro-
verse dans l'alcôve ; c'est une philosophie dans le
boudoir. Il y a une perversité raffinée à user du
langage sacré, d'un langage de sacrifice divin,
dans la liturgie intime de toutes les sensualités.
En certains petits chapitres, il me semble voir
l'influence du *Là-bas* de Huysmans. On s'y entre-
tient du péché avec la jouissance d'un blasphème
délibéré, avec la satisfaction cherchée de trans-
gresser la loi. S'il n'y avait que cela, *le Fantôme*
serait seulement une œuvre curieuse. Mais déjà le
véritable R. de Gourmont s'y découvre avec sa
belle ambition de parler pour dire quelque chose.
Il s'y trouve l'idée profonde qui, plus tard, pren-
dra, dans *Une Nuit au Luxembourg*, sa définitive
forme aphoristique : « Les femmes sont de la
métaphysique. » « Je ne suis ni chair, ni esprit ;
je suis femme et fantôme ; je deviendrai ce que tu
me feras (1). »

Et dans les autres récits qui, réunis, forment *le
Pèlerin du silence*, se retrouve cette préoccupation d'enfermer une idée dans la fable du conte.

Mais ce style trop travaillé laissait difficilement
prévoir la souplesse, l'agilité prochaines de l'écrivain. Il y a ici un hiératisme voulu où la pensée se
fige, où la parole sur une cadence sacrée s'attarde
à sa propre sonorité, s'aime pour elle seule. C'est
une sorte de narcissisme verbal.

Si *le Fantôme* rappelle Mallarmé, si *Phénissa*
fait songer à Maeterlinck, c'est le génie de Villiers
qui pèse sur *Histoires magiques* et *Proses moroses*. Le style est déjà plus libéré. Il rompt peu à
peu ses bandelettes et va bientôt s'ébattre, magnifique et nu, au soleil. A propos de ces livres je vou-

(1) *Le Fantôme*, p. 76.

drais noter une particularité. Le Primary de « Distraction Matinale (1) » ressemble fort à un disciple de Bonhomet; la prose qui suit : « La Cloison », . nous montre mélangées les influences de Villiers et de Laforgue; et dans ces deux récits [je les prends pour exemples, mais on en pourrait trouver d'autres], nous assistons à un assaisonnement du plaisir par la douleur d'autrui, qui paraît caractéristique du sadisme. De même dans « la Robe » (2), la perversion raffinée conduit l'aventure à une conclusion sadique. Je rappelle enfin les pages du *Fantôme* consacrées à la flagellation. M. Louis Dumur (3), essayant d'établir l'arbre généalogique de M. de Gourmont, indique, tout à fait à la fin et le faisant précéder d'un peut-être : le Marquis de Sade. Qu'est-ce donc que le sadisme ? Il n'est pas inutile de le définir, puisque l'on ose écrire que M. de Gourmont s'en est littérairement rendu coupable. Il est vrai qu'il a manifesté depuis son dégoût de ce qui touche au Marquis de Sade : « le bourreau extravagant, le fou sanguinaire et stercoraire (4). » Le sadisme est un accroissement que la souffrance d'autrui ajoute à notre personnel plaisir. Qu'on se rappelle ceux qui étranglent ou poignardent leurs victimes au moment même où ils jouissent d'elles. Nous touchons à la volupté; chez l'être normal, elle s'augmente de celle éprouvée par « l'objet aimé »; chez le sadique la volupté qu'il ressent est en raison directe de la douleur qu'il fait ressentir. Par extension le sadisme peut être transposé dans le pur domaine intellectuel. Il devient alors un sur-

(1) *Proses Moroses.* p. 7.
(2) *Histoires Magiques*, pp. 147 et suiv.
(3) *The Weekly critical Review*, 15 octobre 1903, article cité dans le *Mercure de France* de décembre 1903, pp. 785 et suiv.
(4) *Épil.*, I, p. 313.

croît de plaisir que se donne le raffiné par le spectacle de la souffrance des autres, même s'il n'est
pas la cause de celle-ci. Si je pensais ici aux trois
âmes de Platon, je pourrais dire que le sadisme de
l'ἐπιθυμητικον est le sadisme véritable, celui qui se
montre dans « la Robe ». Le sadisme de *Visite
matinale* et de *la Cloison* serait un sadisme sentimental. Et on peut trouver un exemple de sadisme
philosophique dans l'immoralisme, où l'écrasement
du faible contribue à créer ou grandir le bonheur
du fort, qui méprise la sympathie et se réjouit en
sa cruelle volonté de puissance.

On considère le sadisme comme une exception ?
Peut-être y a-t-il là une bien petite clairvoyance. Il
n'a d'exceptionnel que son caractère excessif et
pathologique. Toutes nos joies sont faites de douleurs étrangères; et nous n'avons pas de remords à
le savoir. Nous en tirons au contraire plus d'orgueil.
Le fait d'exister implique un sadisme à la mesure
de chacun et d'autant plus violent que l'être est
plus vivace. Il n'y a que des différences de degré.

Par delà Villiers, c'est à Baudelaire sans doute
qu'il faudrait remonter pour trouver la source de
cette influence. La recherche du rare et de l'exceptionnel, qui caractérisa les débuts de la réaction
symboliste, a pu également y conduire M. de Gourmont. Il s'est d'ailleurs depuis longtemps res-
saisi (1).

Dès les contes *D'un Pays lointain*, M. R. de
Gourmont est libre. Je pense que sa collaboration
au *Journal* fut loin de lui nuire. Obligé d'être compris du lecteur ordinaire, il allégea son style, le cla-
rifia, céda moins au goût des recherches précieuses.
Mais ces contes sont infiniment supérieurs à toute

---

(1) Voir en dernier lieu : *Pr. Philos.*, IIᵉ série : Soleilland.

littérature de journal. La préoccupation d'enclore une idée, un symbole, en ces brèves aventures nous a valu cès courts chefs-d'œuvre, qui s'égalent aux plus belles histoires de Villiers : *Phocas, la Révolte de la Plèbe, la Ville des Sphinx, la Métamorphose de Diane, Mains de Reine* où reparaît la hantise de Maeterlinck, *le Mauvais Moine, Jose et Josette.* Par le cadre où il écrit, il est forcé à la concision et au raccourci. Mais cette mesure n'est encore qu'occasionnelle. L'équilibre qui plus tard embellira d'une valeur unique *Une Nuit au Luxembourg*, par exemple, n'est pas encore atteint avec *les Chevaux de Diomède.*

Ceci est moins un roman qu'un livre de philosophie. La dissociation qui doit séparer, dans la réalisation d'une œuvre, l'artiste et le philosophe intimement mêlés, n'a pu s'accomplir. C'est un roman métaphysique, et il faut pour intéresser les hommes quelque chose de plus communément humain. Il se passe presque entièrement sur le plan intellectuel. L'intrigue n'est là que pour fournir des motifs à la méditation ; la réalité ne semble valoir pour l'auteur que par la pensée qu'elle est capable de suggérer. Elle y est *songée* avec une subtile aisance et peinte toute intellectualisée, toute imprégnée de pensée. Et que d'exquises réflexions inattendues et séduisantes ! En somme, un livre très curieux, très précieux, mais où la vie est entravée par l'idée, où pèse trop la pensée cependant légère et agile. Il est savoureux néanmoins par la façon de regarder les choses et de les montrer ; il est trop riche pour tout dire.

Avec *le Songe d'une femme*, la réalité entre en maîtresse dans l'œuvre de R. de Gourmont. Et la vie se fait aimer pour elle-même. Sans doute, Anna des Loges et Claude de Latour, Pierre Bazan et

Paul Pélasge sont des personnages un peu intellectuels. Mais il n'est pas possible que M. R. de
Gourmont nous dépeigne des gens communs et
bas; et ce n'est pas moi qui m'en plaindrai. *Le
Songe d'une femme* est un roman si délicieux qu'on
redoute de le raconter. L'intrigue? Elle est quel-
conque. Elle est la grimace et le sourire du visage de la vie, et surtout le sourire. Voici de la vie
pure ; mais vue par un artiste. Dans l'arrangement
des motifs fournis par la réalité, ce n'est plus
le philosophe, mais l'artiste qui intervient le plus ;
c'est pourquoi la vie respire ici. Ce qui le fait
exquis à mes yeux c'est surtout la liberté, la fran-
chise. Dans ce livre où le mensonge est le *deus ex
machina*, on aime surprendre les âmes telles qu'elles
sont. Il n'y a chez l'auteur aucun souci de ce qui
est bien ou mal; il est libre de toute préoccupation
de moralité. Et l'effort de la composition, s'il y en
a un, demeure caché. On ne voit qu'une aventure
simple et complexe comme la vie, où des gens,
peut-être un peu trop littéraires quelquefois par le
raffinement du bien dire, montrent leur cœur nu,
et bien d'autres nudités encore plus belles. Les
femmes y sont elles-mêmes avec une telle vérité
que la correspondance entre Anna des Loges et
Claude de Latour semble parfois indiscrètement
recopiée sur des lettres d'une réalité certaine. Et
quelle subtile psychologie si véridique ! A. des
Loges ment, en exagérant ou en créant même des
bonheurs qu'elle n'a encore réalisés qu'en songe.
Claude de Latour est plus intellectuelle, un peu
froide, même dans ses sensuelles violences. Elle
ment pour l'orgueil de paraître seule, inaccessible,
entourée d'ennui comme une déesse de ses nuées.
L'ennui est devenu très distingué depuis le romantisme et Baudelaire :

> Sois muette, sois sombre
> Et plonge tout entière au gouffre de l'ennui.

Leurs hypocrites confidences ne les trompent ni l'une, ni l'autre. « Tu as vu comme je souris bien sur mon portrait ? Ce n'est pas un mensonge, c'est une habitude. » C'est l'habitude du mensonge. Elles mentent très naturellement parce que mentir est une fonction indispensable à l'équilibre de leur vie. Elles feignent de s'abuser cependant et se caressent quand même au souvenir d'une ancienne amitié, jusqu'au jour du conflit à propos d'un mutuel amant. Qui vaincra ? Il arrive le contraire de ce qui est logique en théorie : l'amant retourne à celle qu'il connaît, au lieu d'aller vers l'inconnue qui l'aime et lui fait signe. Et ceci n'est qu'une des faces du roman. M. R. de Gourmont, qui a une tendresse particulière pour la jeune fille, étudie avec l'amour d'un naturaliste cette création du xixᵉ siècle (1). Il note avec un tendre intérêt leurs gestes et leurs paroles. Il esquisse des pastels naïvement pervers, où le peintre se double, semble-t-il, d'un libertin un peu blasé. Paul Pélasge et Annette Bourdon, c'est déjà le roman d'*Un Cœur virginal*. Enfin on retrouve dans les lettres de Bazan, — la peinture avant tout ! — et dans celles de Pélasge, poète symboliste et immoraliste, des pages où la forte pensée de l'auteur a mis sa philosophie subtile et prenante. Ce livre offre des surprises délicieuses à chaque nouvelle lecture. Il n'y a presque rien de trop. On peut regretter l'entrée tardive de Fairlie et du Comte de Trévire, qui donne l'occasion d'encore un autre mariage. Les gestes de la vie y sont parés du style admirable de l'écrivain, et les mouvements les plus futiles en tirent une précieuse

(1) Voir *Chemin de Velours*.

valeur. Le style est ici à son plein épanouissement.
Il est délivré de toute influence, personnel et fort,
d'une précision et d'une harmonie incomparables.
Certaines de ces phrases si riches de pensée rappellent les beaux fruits; elles sont parfumées comme
des pêches mûres. Ce langage a vraiment une
saveur physique, une beauté très complexe, tantôt infiniment mystérieuse, pleine d'ombre et de
songe, tantôt plastique, musclée, nue.

« On semble aujourd'hui goûter davantage les
histoires très simples et précisément très synthéti-
ques (1).» *Un Cœur Virginal* est une histoire très
simple et très synthétique. M. Hervart, conserva-
teur de la sculpture grecque au Musée du Louvre, a
une quarantaine d'années. Il vient passer quelques
jours à la campagne chez son ami Des Boys, qui
a une fille, Rose. Rose a vingt ans et l'habituelle
curiosité de l'amour. M. Hervart, après les galan-
teries obligatoires et ces prévenances d'usage avec
les femmes, est tenté par la fraîcheur de la jeune
fille. De paroles irréfléchies en gestes à demi voulus,
il arrive à en être tout à fait amoureux. « Pareil à
Panurge, il se répétait mentalement. L'épouser ? Ne
pas l'épouser ? » Et parce que Rose est amoureuse de
lui — c'est le premier homme qui s'occupe d'elle —
parce que l'enchaînement des petits faits quotidiens
les conduit jusqu'aux baisers, jusqu'aux furtives
étreintes, M. Hervart épousera. M. Hervart est sensuel; il a un jour des audaces trop directes et Rose
lui ordonne pour pénitence de la quitter durant
quelques jours. Il devra lui écrire au bout d'une
semaine que tout est prêt pour leur mariage. Mais
dès qu'il est éloigné de Rose, l'enchantement de sa
présence évanoui, M. Hervart songe à la sottise

(1) *Le Problème du Style*, p. 130.

qu'il est près d'accepter. Il se voit sur le retour, et
une malencontreuse défaillance, à peine redressée
par sa maîtresse Gratienne, lui conseille la sagesse.
Désormais, il laisse faire. Comme le mariage s'est
fait tout seul, ainsi se défera-t-il, car la vie nous
mène, quelle que soit notre prétention de la diriger.

D'autre part, il y a maintenant, chez M. Des Boys,
un architecte, Léonor Varin. Il est jeune. « Quel
meilleur exercice que l'amour? quel sport plus apte
à conserver aux membres leur souplesse? » C'est
pour lui avoir entendu dire cela par surprise que
Rose commence de s'intéresser à lui. Elle regrette
tant de ne rien savoir, la petite curieuse ! M. Hervart, plus savant certes que Léonor, ne lui apprend
rien. Et elle épousera Léonor, lorsque celui-ci lui
aura montré que Hervart écrivait à une maîtresse
le jour même qu'il disait à Rose : *je vous aime !*
Il y a cela sans doute dans ce roman ; mais que
d'autres choses qu'on ne peut conter et qui sont
savoureuses. La fraîcheur de Rose, ses naïvetés,
même ses petites complaisances, son ardeur à apprendre l'amour, tout cela est exquisement dépeint.
Elle fait songer à la Cécile Volanges des *Liaisons
dangereuses*. Rose est vraiment un cœur virginal.
Mais, je l'avoue, M. Hervart me semble un assez
vilain monsieur. « La bonhomie perverse de
M. Hervart » est peu sympathique. C'est tout juste
s'il ne devient pas odieux. Les pages sensuelles où
sont complaisamment décrites les amours de Léonor et de Mme de la Mésangerie sont belles. Ce
n'est donc pas en eux-mêmes que les gestes de
M. Hervart sont laids. Ils le deviennent parce que
Rose ne *sait pas*. Peut-être M. de Gourmont a-t-il
trop facilement cédé à son goût littéraire des raffinements libertins. Hervart, amant usé, blasé, semble d'autant plus pervers que Rose est plus fraîche,

plus neuve et plus ignorante. Et quel prodigieux
égoïsme de vieux garçon !

Ce roman est plus simple et plus dépouillé de
littérature que *le Songe d'une femme*. Il est char-
mant par le contraste de ces deux âmes à l'opposé
de l'amour et de la vie. La fraîcheur bucolique de
ses paysages, l'odeur de plein air parfumé qui l'entoure, imprègnent de candeur les préoccupations
perverses.

Si l'on voulait caractériser brièvement cet ensemble d'œuvres, dont je n'ai examiné que les plus
importantes, il faudrait d'abord indiquer parmi ses
qualités profondes : la sensibilité. Elle est d'une
suprême délicatesse et parcourt toute la gamme
des voluptés, de la plus frôleuse à la plus poi-
gnante, de la plus légère à la plus violente. Puis je
vois cette finesse dans les notations sentimentales,
dans l'analyse des cœurs, qui va même jusqu'à la
subtilité ; une distinction, une élégance éloignées
de tout ce qui est vulgaire et banal. Par contraste,
on goûte mieux la naïveté bucolique après des raffinements qui sembleraient trahir une âme incapable de sentir et d'évoquer les fraîcheurs des champs.
Un air virgilien circule dans ces paysages décrits
avec l'émotion d'un poète et la précision d'un
savant. Il faut aussi remarquer que voici une
œuvre dont la beauté n'emprunte rien à la douleur. C'est surtout en dépeignant la souffrance que
l'art trouve ses accents les plus durables, ceux que
la gloire retiendra et que les hommes rediront
pour enchanter leur mal. La douleur est la Muse
qui élève le plus haut ceux qu'elle a choisis. Mais
il est peut-être plus difficile de réaliser de la beauté
avec la joie. Toujours est-il que cela nous paraît
plus sain. L'œuvre de R. de Gourmout a cette

belle santé; elle incite à vivre, elle fait aimer la
vie. Enfin, et ce caractère est certainement par-
ticulier à l'œuvre qui nous occupe, M. R. de Gourmont a voulu la séparation de l'art et de la morale.
Ses œuvres d'imagination ne tendent à aucun
didactisme. Elles sont pures de toute préoccupation morale. Et cette liberté, pleine d'une savante
ingénuité, n'est pas un de leurs moindres char-
mes.

Admettre l'art parce qu'il peut moraliser les individus ou les masses, c'est admettre les roses parce qu'on
en tire un remède utile aux yeux; c'est confondre deux
séries de notions que l'exercice régulier de l'intelligence
place sur des plans différents (1).

Cette particularité accentue le caractère païen de
l'œuvre. Le christianisme interdit la représentation
du corps humain et la peinture de ses passions. Il
nie l'art puisqu'il nie le désintéressement. Le chrétien doit sans cesse penser à son salut, et y travailler. Ne pouvant détruire toute activité esthétique, car il était impuissant à supprimer le jeu, il a
voulu faire servir à l'édification cet indéracinable
besoin. D'où la liaison de l'art et de la morale. Et
tous ces livres, sous leurs phrases légères, portent
plus de pensée que bien des tomes de philosophie.
Le prestige de l'Idée les ennoblit, leur prête une
valeur plus haute et plus durable. Lorsque les
roses qui couronnent son front seront fanées, la pensée montrera, nu, mais immuablement beau, son
visage de silence et de méditation.

Pour allier la réflexion philosophique à ces récits
sans les alourdir, la séduction de l'idée elle-même
avec sa force et son ingéniosité, n'eût pas été suffisante, ni l'art par lequel elle s'enchasse dans la réa-

(1) *La Culture des Idées*, p. 106.

lité. Il y fallait ce don suprême : l'harmonie. Toutes ces œuvres sont des poèmes On constate en elles l'aboutissement des recherches verbales qui, dans les essais de début, nous paraissaient trop exclusives. L'influence de Mallarmé fut donc salutaire. Elle ne put évidemment que développer des dons personnels à l'écrivain, puisque rien de ce qui touche à notre sensibilité ne se peut acquérir. Mais elle encouragea de son autorité magistrale des tendances qui se fussent peut-être amoindries, si elles avaient été dédaignées.

En somme, il n'y a qu'un seul genre en littérature, le poème (1).

Au fond, il n'y a qu'un genre, le poème et peut-être qu'un mode : le vers ; car la belle prose doit avoir un rythme qui fera douter si elle n'est que de la prose. Buffon n'a écrit que des poèmes, et Bossuet et Chateaubriand et Flaubert (2).

M. R. de Gourmont a surtout écrit des poèmes. Certaines de ses œuvres critiques ne peuvent pas entrer dans le cadre, mais ce n'est pas à cause de la foule d'idées qu'elles renferment. La preuve en est dans l'exemple de ce livre : *Une Nuit au Luxembourg*, poème magnifique où l'intelligence et la sensibilité ont mêlé leur complet épanouissement, livre unique par cet équilibre, si rare, de l'imagination et de la pensée.

Cette opinion de R. de Gourmont ramenant tous les genres au poème nous conduit à chercher qu'elle est sa conception de la beauté.

L'idée d'art est sous la dépendance de l'idée de beauté, mais cette dernière idée elle-même n'est autre chose que

(1) *Promenades litt.*, 1ʳᵉ série, p. 281.
(2) *Culture des Idées*, p. 16.

l'idée d'harmonie ; et l'idée d'harmonie se réduit à l'idée de logique. « Le beau c'est ce qui est à sa place (1). »

L'idée de beauté n'est pas une idée pure ; elle est intimement unie à l'idée de plaisir charnel. Stendhal a obscurément perçu ce raisonnement quand il a défini la beauté : « Une promesse de bonheur (2). »

J'ai déjà indiqué d'un mot cette conception ; elle n'étonnera pas ceux qui connaissent la philosophie scientifique de M. R. de Gourmont. Voici maintenant une autre citation qui paraît contredire la première. M. de Gourmont s'est souvent contredit, c'est la preuve de sa sincérité et de sa constante activité intellectuelle. Il ne veut pas se laisser duper ; il revise sans cesse les notions qu'il a classées.

La beauté est un excès. Il ne faut pas la confondre avec la perfection, qui est une moyenne. Ce n'est que par soumission que nous feignons d'admirer les têtes impensantes de la statuaire grecque, aussi mornes dans leur perfection que les figures byzantines dans leur archaïsme, et qui ne sont en somme que des problèmes de géométrie résolus en marbre. Il n'est personne parmi les esprits un peu dégagés du pédantisme de l'école, qui ne leur préfère les têtes de Donatello, et toutes ces faces réelles et vivantes qu'ont multipliées les sculpteurs d'avant la superstition de la Renaissance. Les nymphes de Jean Goujon qui ont les jambes trop longues, voilà la beauté dans l'imperfection. Raccourcissez-les, ces jambes, et la beauté sera devenue un modèle académique, ce qui est assez différent (3).

Cette distinction entre la perfection et la beauté est très exacte. D'autre part, si la beauté est définie plus haut une harmonie, — le beau c'est ce qui

(1) *Culture des Idées*, p. 202.
(2) *Culture des Idées*, p. 103.
(3) *Promenades littéraires*, IIe série, pp. 51-52.

est logique, ce qui est à sa place, — et maintenant un excès, je ne vois pas de contradiction nécessaire entre ces deux propositions. Même d'ailleurs si cette contradiction existait, on pourrait facilement l'atténuer. Ce serait, en effet, dépasser toujours la pensée de l'écrivain que de prendre une de ses affirmations et de l'ériger en critère définitif, bon à toutes les mesures. Il ne faut pas oublier que R. de Gourmont goûte la dissociation. C'est ici une méthode pour se libérer, ne fût-ce qu'un instant, d'une admiration qui tenterait de devenir tyrannique. Mais on peut mettre d'accord les deux théories. La beauté grecque, la perfection seront le plaisir de l'esprit, ce sera la jouissance réservée au νοῦς, notre première âme. L'admiration est ici pure de toute sexualité. Et l'intelligence veut surtout comprendre et aime l'ordre, la logique. Mais la beauté, qui est un excès, est intimement liée à l'idée de sexualité. Les Nymphes de Jean Goujon sont belles parce qu'elles sont humaines. Ces déesses sont femmes, c'est-à-dire imparfaites, mais avec les imperfections où l'instinct a mis le piège qui séduira notre amour. Et cette beauté sera la joie et la vertu recherchée par notre sensibilité. M. de Gourmont, qui insiste sur cette beauté, écrit encore :

Le propre de la beauté est de plaire. Aussi est-il surpris (Laclos, dans *l'Education des femmes*) que les hommes admirent en statuaire, par exemple, une sorte de beauté régulière et froide « qui ne plaît pas », c'est-à-dire qui n'excite pas le désir. Il croit que cette beauté idéale est purement conventionnelle, et c'est peut-être vrai. Les Grecs nous ont appris à mettre au-dessus de tout une certaine régularité de formes que, dans la vie réelle, nous ne recherchons pas particulièrement. Les femmes de ce genre, quand il s'en rencontre par hasard (cela n'est pas fréquent), nous font plutôt l'effet d'un jeu

de nature — d'un jeu heureux — que d'une production
normale. Mais quel homme d'aujourd'hui oserait dire
qu'il préfère à la beauté glaciale et trop majestueuse de
la Vénus de Milo, la beauté souple, menue et rieuse de
la femme de l'Ile de France (1)?

Si l'instinct sexuel est à la base de l'admiration,
du moins d'une certaine qualité d'admiration, on
peut se demander s'il a dans tous les arts la même
importance. Il faudrait étudier la musique, la peinture, la sculpture, la littérature, de ce point de vue,
afin d'ordonner ces différentes manifestations de
la beauté selon une hiérarchie sexuelle. Mais ici la
critique devient encore plus particulièrement personnelle. Cependant il ne paraît pas inutile de noter
quelques impressions. Par le fait de notre affine-
ment nerveux, la sexualité n'est plus attachée uniquement à l'instinct qui la nomme. Elle s'est diffé-
renciée à la fois et répandue dans tout notre être.
Elle est devenue la sujette de notre imagination.
Une sensibilité délicate vibre à tous les arts et pourra,
par le mécanisme d'une transposition cachée, trouver en tous le motif de son désir.

Au dernier rang et contre l'évidence, semble-t-il,
je mettrais la sculpture. Elle paraîtrait, par sa ma-
térialité, devoir occuper la première place. Elle a le
mouvement, le contour, le relief. Mais il lui manque la couleur, et les polychromies, dout on nous
offrit quelques modèles, ne furent vraiment pas
heureuses. La vue, sens éminemment excitateur de
la sexualité, se laissera peut-être mieux séduire par
la peinture. La couleur prête au visage la séduction
du sourire et surtout l'enchantement du regard. La
chair nous tente par ses nuances, par le grain de la
peau, par l'atmosphère dont le peintre entoure sa

(1) *Promenades littéraires*, I¹ᵉ série, p. 3o2.

création. La musique, bien que certains prétendent
en connaître de sensuelle, est, à mon avis, senti-
timentale. Je ne sais si la musique est capable d'in-
duire l'homme à autre chose qu'à la tristesse ou la
joie, surtout à la tristesse. La musique, au lieu de
nous isoler dans l'égoïsme, excite notre sympathie —
au sens fort du mot. Elle met nos cœurs à l'unis-
son de celui qui, par elle, exprime sa douleur ou
son espérance. Elle entraîne une diminution de
nous-mêmes. S'il y a des agents qui concentrent
en nous notre énergie, elle tend au contraire à tirer
de nous toute force. Elle est une puissante magicienne
qui nous asservit sans nous laisser le pouvoir ni le
désir de notre liberté. Et l'instinct sexuel est une affirmation, et la plus belle, de notre apparente liberté.
Il reste l'art écrit : la littérature. Le mot contient le
maximum de « réel et d'imaginé ». La phrase est
riche de son sens précis, de sa musicalité, de l'i-
mage qu'elle suggère. Et cette opinion vient sans
doute de ce que j'écris au lieu de composer, peindre ou sculpter. Telle physiologie répondra mieux
à l'excitation de la musique, et telles gens aiment,
dit-on, caresser des statues. M. de Gourmont cite
le cas d'un homme — « il est vrai d'un certain âge
— qui pouvait tromper un désir sexuel en feuille-
tant des albums d'estampes (1) ». Il demeure que
dans la sexualité civilisée, l'imaginé est encore plus
puissant que le réel. Et le pouvoir de l'art, l'enchantement qu'il nous verse seront d'autant plus souve-
rains que l'œuvre, tout en étant fortement assise
sur la réalité, tout en plongeant profondément dans
la réalité, élèvera plus haut son incantation dans le
mystère, qu'elle dépassera la vie pour nous conduire au rêve.

(1) *Le Chemin de Velours*, p. 63.

Que cherchons-nous, d'ailleurs, dans l'œuvre d'art? Est-ce nous-mêmes ou quelque chose au-dessus de nous-mêmes? Il est impossible de répondre d'un mot. Il y a, d'autre part, du danger à trop distinctement séparer les éléments de nos émotions. Toutes les fonctions psychologiques sont complexes ; on les déforme en les dissociant. Cependant, ici encore, la distinction platonicienne peut être utile. Ayant éclairci cette question du but de l'œuvre d'art, nous comprendrons mieux la beauté et la variété de l'œuvre de M R. de Gourmont.

Il faut reprendre la théorie différenciant la beauté de la perfection. Est-ce que ces deux manifestations déterminent d'identiques mouvements de notre sensibilité ? Non. Ne peut-on pas diviser ces jouissances et les classer d'après quelque caractère suffisamment marqué ? Je crois qu'on peut distinguer l'émotion lyrique, sentimentale, philosophique, en songeant aux trois âmes de Platon.

L'émotion lyrique est pure de toute abstraction. Elle est à ce point concrète qu'elle semble s'adresser uniquement à notre physiologie. Elle est le produit de l'ivresse formelle, — sonorité des mots, rythme, couleur. Non seulement l'idée est accessoire, mais elle lui est contraire. On en subit l'emprise à la lecture de Hugo ; les épithètes sonores et vagues, — un mot trop précis est dangereux, — la fougue du vers, l'ardeur de la voix enivrée de musique nous entraînent à l'enthousiasme. Et cette émotion n'est pas particulière à la littérature. Il me semble que c'est un émoi de cette qualité qu'on ressent à la vue de certaines œuvres de Rodin. R. de Gourmont a éprouvé l'ivresse verbale ; il confesse quelque part que les mots lui ont donné plus de joie que leur contenu de pensée, chose qu'il n'écrirait plus aujourd'hui, je crois. Mais il domine

son œuvre et la dirige ; chez lui cette qualité d'émotion est beaucoup plus cérébrale ; elle semble venir
surtout de l'érudition qui, dans un mot, lui fait res-
pirer tout un bouquet de formes transformées et
vivantes. M. de Gourmont, malgré ses poèmes, n'est
pas lyrique. Il a trop de finesse pour cela.

L'émotion sentimentale est plus commune et
touche un plus grand nombre de lecteurs. On a
expliqué souvent que c'est nous-mêmes que nous
cherchons dans une œuvre d'imagination. Par notre
volonté de puissance, par notre besoin de grandir
notre individualité, de l'étendre, nous aimons les
héros en qui nous voulons reconnaître soit notre
réalité elle-même, soit la chimère que nous essayâmes
de chevaucher. Nous y saisissons des rêves que nous
nous sentons capables de réaliser dans la vie, mais
que les circonstances contraires ou notre inconsciente médiocrité d'âme ne nous permirent pas d'atteindre. C'est une émotion du cœur, du θῦμος, tandis
que la première, plus extérieure, est une émotion des
sens. L'une est psychologique et l'autre purement
physique. Elle met en jeu tous les sentiments et
puisque j'ai pris plus haut, à côté de l'œuvre littéraire, un point de comparaison dans la sculpture,
j'avancerai que la Victoire de Samothrace est l'un
des types de l'œuvre sculptée capable au plus haut
point de susciter cette émotion. Mais il est un instinct qu'elle fait surtout vibrer. Qu'y a-t-il en nous
de puissant et de tyrannique, sinon cette force
d'amour, où le génie de l'espèce déguise la volonté
de perpétuer sa durée ? « N'y aurait-il au monde
qu'un seul et unique thème, et que cela fût Daph-
nis et Chloé, il suffirait (1). » M. R. de Gourmont,
qui écrivait cela, a lui-même interprété ce thème

---

(1) *La Culture des Idées*, p. 15.

éternel. Il a fait parler à l'amour un langage subtil jusqu'à ne plus être matériel ; il lui a fait aussi
exagérer ses gestes violents jusqu'à la plus cruelle
luxure. Il l'a merveilleusement peint et analysé.
Les œuvres les plus hautes paraissent créées dans
le dessein caché de l'amour. Si Axël dédaigne
les fabuleuses richesses qu'il pourrait découvrir,
c'est qu'il est solitaire dans sa pensée sans tendresse. Et si Sarah de Maupers a l'ambition de les
posséder, elle en fait volontiers l'abandon dès
que survient l'élu que son cœur attendait. Cette
émotion sentimentale, les romans de R. de Gourmont la font naître en nous, bien qu'il ne soit nullement sentimental, comme il sera expliqué plus
loin. C'est encore une émotion déterminée par la
beauté.

Enfin, voici l'émotion philosophique ; on pourrait
dire aussi justement l'émotion scientifique. Elle est
plus lente à naître que les deux autres parce qu'elle
est moins matérielle. Mais elle est aussi intense et
certains hommes la ressentent aussi profonde que
l'émotion lyrique. Elle vient de l'ordre parfait rencontré. Elle est fille de l'harmonie paisible et de la
perfection. M. Poincaré, dans *la Valeur de la science*,
en pourrait fournir des exemples. Elle naît de la
logique avec laquelle un esprit nous poursuit, dé-
joue nos ruses, prévient nos objections, force enfin
l'adhésion de notre intelligence vaincue. La contemplation de la Vénus de Milo ou de l'Apollon du Bel-
védère ne donne pas une émotion différente de celle
procurée par la solution d'un problème de mathé-
matiques. Ce sont des œuvres qui sont parfaites au
regard de notre esprit, parce que, selon la parole de
R. de Gourmont citée plus haut, tout en elles est
à sa place. Kant distinguait deux qualités de sublime : le sublime mathématique et le sublime dyna-

mique ; le sublime de grandeur qui répondrait à
notre idée de l'infini ; et le sublime de puissance
rattaché par lui à l'idée de perfection. En interprétant ces deux expressions au rebours du philosophe rationaliste, on pourrait obtenir une théorie
générale de l'esthétique d'accord avec notre classi-
fication platonicienne. La beauté mathématique —
perfection — serait le plaisir de l'esprit, jouissance
pure de toute sexualité ; la beauté dynamique satis-
fera par son excès et son imperfection instincti-
ves notre sentimentalité et notre sensibilité.

Cependant si la sexualité est au fond du sentiment esthétique, elle y demeure dissimulée par le
génie sournois de l'espèce. Avec la tradition française, la beauté est une vertu à laquelle il est bon
que l'esprit donne son approbation, avant qu'elle soit
consacrée dans sa valeur la plus pure. La beauté
n'est plus l'excès, mais l'harmonie, et la mesure.
Notre race préfère la Vénus Uranie. Après avoir
suivi les outrances des « Symbolistes », M. R. de
Gourmont a pu écrire ceci, qui est, à ce jour, la
conclusion où il s'est arrêté : « Malgré la profonde
influence que le romantisme a exercée sur l'esprit
français, il est resté classique, ami de la mesure, de
la règle, d'une simplicité digne (1). » L'œuvre que
nous avons étudiée est parvenue à cette mesure,
cette simplicité, cette belle logique. M. de Gourmont
rejoint ainsi la tradition nationale la plus haute. Il
est, au plus beau sens du mot, un génie français.

III

Dans l'âme seconde de l'homme, Platon compre-
nait l'ensemble des sentiments et les passions no-

(1) *Promenades littéraires*, Ire série, p. 184.

bles. Que la morale ressortisse à la sentimentalité, c'est encore loin de la prétention kantienne et de l'autonomie de la raison. On ne doit pas s'étonner si je pense au rationalisme une fois de plus. M. R. de Gourmont le pourchasse de tout son talent. Il emploie contre lui aussi bien la force de sa pensée que la cruauté de son ironie. Il a vu, en cette fausse philosophie, la cause de notre mentalité contemporaine, confondant les domaines de l'idéalité et de la sentimentalité, adorant enfin l'idole tyrannique et décevante : la Vérité.

J'avoue avoir eu même un instant la tentation de joindre la morale à l'esthétique. L'influence de la sexualité et des appétits de conservation me paraissaient justifier cette mésalliance. J'y étais encouragé d'ailleurs par certaines éthiques grecques. Mais si M. R. de Gourmont est trop physicien pour situer le sens moral dans le νοῦς, dans l'intelligence, je doute qu'il s'abaisse à la théorie brutale et sans nuances d'Aristippe de Cyrène et des Cyniques. Le phénomène moral se produit sur le plan sentimental. Il n'y a pas de sensations morales ni d'idées morales, mais il y a des sentiments moraux. Les sensations sont des faits ; étudions-les librement. Les idées sont des jeux ; nous pouvons jouer sans souci d'autre chose que d'adresse et d'agrément ; mais les sentiments doivent être examinés du point de vue moral, parce qu'ils sont des motifs d'agir. Voilà la seule justification possible ; la préoccupation de moralité, indifférente aux idées et aux sensations, intervient ici parce que l'action, nous dira M. de Gourmont, ne doit pas être anti-sociale. C'est la limite qu'il donne à la liberté.

Kant eut cette prétention de faire gouverner les hommes par la raison. Mais qu'est-ce que la rai-

son ? M. de Gourmont nous en propose une définition d'accord avec l'ensemble de sa philosophie.
« La raison n'est que de la sensibilité analysée
et cataloguée. On retire la raison de la sensibilité comme l'alcool du vin (1). » « La sensibilité comprend la raison elle-même, qui n'est que
de la sensibilité cristallisée (2). » Et ceci est vrai
de Kant lui-même. Sa sensibilité était glacée, sa
raison s'érigea en iceberg. Nietzsche artiste, sensible jusqu'à l'excès, montre l'exemple contraire
d'une raison ardente et vibrante. C'est la physiologie d'abord, ce sont ensuite les tendances
obscures de la sentimentalité qui déterminent
notre conception théorique. On vit ; et puis on
adapte une philosophie aux habitudes qu'on croit
s'être choisies. L'on s'imagine, par une inconsciente inversion, qu'on vit ainsi parce que l'on
a d'abord pensé ainsi. Et c'est le contraire qui est
exact.

Indiquant les vertus des trois âmes, Platon les
énumère de telle sorte : à la première conviendra la
tempérance ; la prudence sera la vertu du νοῦς ;
le θῦμος doit s'épanouir dans le courage. R. de
Gourmont possède cette vertu à un degré exem-
plaire. Il a, quand il veut, cette tranquille audace
d'aller jusqu'au bout de sa pensée sans souci des
conséquences. Et c'est à cause de cette sincérité
désintéressée que son opinion a une telle importance au regard de ceux qui méditent la vie. Il y
a longtemps qu'il en a donné la preuve. Il publiait
dans le *Mercure de France,* en avril 1891, un article : *le Joujou Patriotisme,* qui lui valut de quitter la Bibliothèque Nationale. M. Jaurès devait
plus tard prêcher un rapprochement avec l'Alle-

---

(1) *Epilogues*, IIIᵉ série, p. 49.
(2) *Le Problème du Style*, p. 106.

magne sans que cela parût aussi monstrueux.
M. de Gourmont a un grand dédain et un grand
orgueil ; et ce sont deux armures que rien ne saurait entamer. Il porte la tête en arrière ; on devine,
à le voir, un homme jaloux de son intégrité et qui
veut demeurer lui-même.

Cette attitude explique naturellement sa théorie
des mœurs. « Qu'est-ce qu'une doctrine, sinon la
traduction verbale d'une physiologie (1) ? »

Sa doctrine morale est profondément individualiste ; c'est l'Epicuréisme et l'Immoralisme. Je dis
cela provisoirement ; en effet, je montrerai que si
son éthique personnelle procède de ces deux systè-
mes, elle s'en différencie cependant, et très nettement. L'immoralisme n'est pas la négation de toute
règle de mœurs, mais seulement du caractère d'u-
niformité et d'universalité de la loi morale. Il
réalise l'individualisation de la morale. Chaque
homme doit se forger pour lui-même une règle de
vie conforme à sa sensibilité particulière, à l'impératif physiologique. Il accomplit aussi le renversement des valeurs admises à ce jour, réagissant
contre la morale chrétienne, qu'elle lutte à visage
découvert ou qu'elle prenne le masque du rationalisme kantien. Le bien, c'est la charité, le renoncement, c'est l'effort contre l'égoïsme, disent le
Christ et Kant. Le bien, proclame Nietzsche, qui
élève jusqu'à l'évangile la constatation amère de
Schopenhauer ne trouvant dans le monde qu'un
âpre et invincible vouloir-vivre, le bien, c'est l'exaltation de l'égoïsme, la volonté d'élargir notre personnalité sans souci des individus plus faibles
que notre accroissement diminuera. Le bien, c'est
la volonté de puissance. Ne levons plus les yeux

(1) *Le Problème du Style*, p. 71.

vers le ciel, où Dieu détrôné a laissé la place à une idole plus dangereuse que lui : la vérité. Nous ne sommes que des hommes, retrouvons « le sens de la terre ». Mais ce que cette doctrine pouvait avoir d'étroit et de vulgaire, Nietzsche le repousse. Il nous propose un idéal aussi ; une réalisation plus haute et plus pure de nous-mêmes dans le sens humain : il nous demande l'effort qui peu à peu nous permettra de devenir des héros de la terre. Le surhumain est le correctif indispensable de cette théorie, qui aboutirait autrement à la satisfaction bourgeoise de nos petits instincts, à une règle de mœurs sans noblesse.

Cette théorie, si sèchement indiquée en quelques mots, est-elle compatible avec la doctrine d'Épicure ? Je ne le pense pas.

Épicure ne met pas en l'homme d'autre idéal que lui-même, dans le présent. Le surhumain, c'est le « demain » héroïque auquel nous devons tendre de toute notre énergie, sans espoir de jamais l'atteindre. Dès qu'un degré sera franchi, nous en trouverons un autre plus élevé, et ainsi de suite dans cette ascension éternelle vers un idéal, exhaussé davantage chaque jour. La morale d'Épicure ne considère pas autre chose qu'*aujourd'hui*, sans autre préoccupation que d'éviter la douleur. Nietzsche, au contraire, prêche la dureté envers soi-même : la souffrance est un moyen de grandeur, nous devons non seulement l'accepter, mais l'appeler, car elle nous permettra de nous surmonter, de parvenir à une plus belle réalisation de nous-mêmes.

Le seul point de contact entre l'immoralisme et la morale d'Épicure est celui-ci : les deux doctrines font de la morale une science exclusivement individuelle. Encore pourrait-on douter si le surhumain n'a

pas quelque caractère de généralité. M. de Gourmont
ne serait donc pas un immoraliste, puisqu'il se
réclame souvent d'Epicure. Mais sa morale est elle,
même, celle d'Epicure ? Voici quelques réflexions
qui m'éloignent de cette façon de penser. On sait
la distinction épicurienne entre le plaisir en mouvement : ἡδονή κινητική, et le plaisir en repos, le plaisir stable : ἡδονή στατίκη. Si le plaisir est pour Epicure quelque chose de très positif, un état d'équilibre, il n'en est pas moins vrai que, pour l'obtenir
avec quelque certitude, il convient de s'éloigner
prudemment de toute activité. Tout mouvement est
un signe qu'on fait à la souffrance. Il faut renon-
cer aux passions et se méfier même des sentiments
qui semblent les plus bénins ; l'insensibilité devient
un idéal.

Mais M. de Gourmont tient-il tant que cela à
être un disciple d'Epicure ? A la vérité, il aime
Epicure. Il l'aime pour la vie harmonieuse qu'il
sut conduire à une fin pleine de courage et de dignité, et parce qu'il a débarrassé les hommes de
la crainte des Dieux. L'indifférence aux Dieux est
le commencement de la sagesse. Il l'aime surtout
pour sa théorie des atomes et pour ce que son
nom contient d'antiquité païenne. Il doit le considérer comme un ami lointain, sans trop se sou-
cier de suivre strictement ses enseignements. M. de
Gourmont n'est le disciple de personne. On trouve,
il est vrai, chez lui, l'encouragement à rechercher
toutes les sensations, tous les sentiments, l'exaltation
du jeu des forces humaines, l'évangile du plein développement de la personnalité dans sa logique individuelle. Et cette volonté de puissance est incompatible avec l'ἀπαθεία d'Epicure. Pour R. de Gourmont, s'il y a un bonheur possible, c'est celui qui
vient du jeu normal de tous nos organes, dans les

limites de leur puissance et dans la logique de leur activité. La philosophie de Nietzsche exige une attitude active ; celle d'Epicure veut, au contraire, la passivité. R. de Gourmont conseille évidemment une attitude active ; mais il y ajoute en même temps ce correctif qu'on en saura la parfaite vanité. L'épicuréisme n'est valable que dans sa partie métaphysique, pour la conception des atomes, aux yeux de M. R. de Gourmont.

Quant à sa morale, elle est l'expression de la nature violente et raffinée, logique et sensée de l'écrivain. Elle est la création d'un tempérament avide de jouir et sceptique cependant à l'endroit de toute jouissance. De sorte que le même homme a pu paraître accepter la volonté de puissance, avec tout ce qu'elle contient de hauteur aristocratique et, plus tard, écrire des pages, qui, elles, sont en parfaite conformité avec la modération épicurienne. Et ce n'est pas le moindre étonnement qu'on puisse éprouver que cette évolution partie d'une ambition forcenée pour aboutir à l'*aurea mediocritas*, qui semblait si peu digne d'un immoraliste (1).

Les éléments qui composent cette morale — ou ces morales plutôt, car il a une morale par jour, par heure, selon la nuance du ciel ou l'équilibre nouveau de son intelligence — sont épars dans tout son œuvre. Mais la critique des mœurs forme presque toute la matière de ces *Epilogues*, publiés au *Mercure de France*, et qui remplissent déjà quatre volumes, où les événements sont commentés de façon savoureuse. L'originalité de cette critique est dans l'esprit philosophique qui la domine. « Le vrai philosophe est celui qui se place, par le seul effort de sa raison, au point où le commun des hommes n'ar-

(1) Voir *Promenades Philos.*, II° série : Epicure conclut.

rive que par le bienfait du temps (1). » Cette remarque contient tout l'éloge qu'on puisse faire de ces
articles, où les gens et les choses sont jugés avec
cette lucidité possible seulement à un esprit assez
fort pour se préserver de cette sorte d'aimantation,
par laquelle le milieu nous influence. Cette critique
recule soudain les événements, les isole des passions du jour, leur donne une perspective qui nous
permet d'en saisir avec clarté l'ordre et l'enchaînement.

La morale étant une expression individuelle, il
est certain que M. de Gourmont ne sera jamais
tenté d'ériger la sienne en règle générale. Il ne faut
donc chercher dans ses livres que sa morale particulière, personnelle. C'est grâce à Nietzsche que
cette notion est entrée dans nos habitudes de pensée. Il fallait son individualisme violent, et sa logique sans timidité pour affirmer qu'une philosophie :
critique de la connaissance ou critique des mœurs,
n'est que la production d'une sensibilité, qui peut
trouver des échos, mais non pas une autre sensibilité identique. Il me semble qu'on a dépassé souvent
ce point de vue nietzschéen et qu'on a dogmatisé
à tort à propos de son immoralisme. Mais la si dangereuse tendance à généraliser est commune à tous
les hommes. Presque toutes les négations de Nietzsche, on les retrouvera chez R. de Gourmont. Filia-
tion ? Non pas, mais rencontre de deux esprits
d'une nature voisine, guidés surtout par la même
haine de la règle, par une pareille passion de la
liberté, par un égal amour du paganisme. R. de
Gourmont est païen, entièrement. Et peut-on imaginer un artiste qui ne soit pas païen ? Il semble
que ce serait se contredire dans les termes. Ce paga-

(1) *Rivarol.*

nisme, avec son apport de panthéisme, on en découvre de nombreux et délicieux exemples :

Il n'y a de vie que de nous, peut-être; un bras nu qui se glisse dans les rosiers augmente la beauté des roses et l'herbe est plus verte le long du sillage qu'y laisse une robe de femme; un désir se lève en notre cœur vers tout ce qui vit; — et je baisai, je m'en souviens, sur les lèvres d'Annette, les bois, les joncs, les bruyères et les pierres. De tels souvenirs, si on y mêle quelques grains de poivre ironique, sont sans doute durables (1).

Le paganisme entraîne la condamnation des vertus chrétiennes, qui sont des vertus d'esclaves. Le chrétien passe toute son existence à réfréner ses appétits. L'immoraliste s'efforcera de développer harmonieusement toutes ces tendances, de tirer de chaque inclination le bonheur qu'elle peut contenir.

Oh! avoir l'immoralité de la nature, sa cruauté et sa beauté ! N'être pas une chose d'intelligence ; sentir des instincts et violenter le monde plutôt que de ne pas les satisfaire (2)!

Il n'y a pas des vices, ni des vertus, il n'y a que des forces. Cette conception scientifique relie cette morale à la littérature d'idées de M. de Gourmont et à son œuvre de savant et d'érudit. Mais ici, dans ce domaine où règne le sentiment, c'est l'artiste qui est le démiurge de ces données. La vie est belle à ceux qui savent l'embellir, suivant l'idée de Nietzsche (3).

(1) *Le Songe d'une Femme.*
(2) *Le Songe d'une Femme.*
(3) « Je veux apprendre toujours davantage à considérer comme la beauté ce qu'il y a de nécessaire dans les choses ; c'est ainsi que je serai de ceux qui rendent belles les choses. *Amor fati!* que cela soit dorénavant mon amour. » F. Nietzsche, *le Gai-Savoir.*

Le sage n'a qu'une croyance : soi-même ; le sage n'a qu'une patrie : la vie (1).

Que vous importent les mouvements du monde qui n'atteignent pas votre sensibilité ? Gardez vos larmes pour vos propres douleurs et pour celles qui vous égratignent en passant, comme des ronces. Il n'y a point d'autre morale que celle-ci : vaincre la douleur (2).

J'insiste sur ceci que cet égoïsme n'est pas l'égoïsme banal « des chansons à boire ». « Soi, cela peut comprendre un monde », nous dit M. R. de Gourmont. Ainsi je m'efforce de donner à sa morale un but plus élevé que ce culte du moi ; et lui-même y tâche quelquefois ; cela prouve à quel point le moralisme chrétien ou kantien nous a pénétrés. Nous n'osons pas donner à l'homme l'homme même pour fin. Ce que la nature nou, montre sans pudeur, nous n'osons pas le synthétiser en une doctrine philosophique. La lutte universelle et implacable, quel que soit le masque de générosité sous lequel elle se cache, — altruisme socialiste ou chrétien, — trahit toujours le désir égoïste du fort qui veut vivre au détriment du plus faible. Et le monde verra toujours des maîtres et des esclaves, parce qu'il y aura toujours inégalité des forces ; l'égalité des forces, ce serait l'arrêt de la vie. La vie ne peut pas s'arrêter. Les forts abuseront toujours de leur puissance ; et, sous le fouet de la douleur, les faibles régénérés deviendront les maîtres à leur tour. L'évolution est inéluctable... Mais c'est aussi *une* vérité que l'homme ne réalise une belle destinée humaine que s'il vainc en lui l'animalité naturelle et son égoïste cruauté...

Cette vérité, M. de Gourmont la dédaigne, elle

(1) *Une Nuit au Luxembourg*, p. 155.
(2) *Une Nuit au Luxembourg*. p. 157.

n'est pas *sa* vérité. Il faut que nous cultivions notre
chère personne. Nous avons jeté à terre le dieu unique qui remplaçait tous les anciens dieux ; hissons-
nous maintenant sur le socle inoccupé et l'homme
usurpateur d'une gloire sacrée sera la divinité et le
prêtre ensemble. Vivons avec toute l'intensité possible. Il nous faut apprendre qu'il n'y a pas en nous
de jouissances viles. M. de Gourmont restitue à
tous nos sens leur noblesse ; il réhabilite l'ἐπιθυμητικόν et prête à Epicure cet immense appétit de jouissance.

Epicure avait trop de sagesse pour dédaigner aucune
sorte de plaisir. Il voulut connaître et il connut toutes
les jouissances qui peuvent devenir des jouissances
humaines ; il n'abusa de rien ; mais il usa de tout
dans sa vie harmonieuse (1).

Sachons d'abord vivre dans le présent. Les morales nous ont détourné vers l'avenir, et même
Nietzsche. Il nous fallait tenir notre front levé vers
l'absolu et nos yeux fixés sur une perfection inaccessible. Pendant ce temps d'effort et de souffrance,
notre vie s'écoulait, et nous connaissions dans le
même instant que nous allions mourir et que nous
n'avions pas vécu.

Tous, papes, empereurs, maçons, séminaristes, pré-
dicants, grévistes, tous, murmurent extasiés le même
vœu : « ... et le paradis à la fin de nos jours! » Il s'agit
toujours de demain, ce qui est vraiment fastidieux pour
ceux qui voudraient vivre un peu la minute présente (2).
Il faut prendre la minute telle qu'elle s'offre à nous
dans sa robe de hasard ; celle d'aujourd'hui ne reviendra

(1) *Une Nuit au Luxembourg*, p. 83.
(2) *Epilogues*, IIe série.

jamais ; il faut se collectionner des souvenirs, et non des regrets (1).

La sagesse humaine est de vivre comme si on ne devait jamais mourir et de cueillir la minute présente comme si elle devait être éternelle (2).

Enfin je citerai cet admirable fragment d'un livre dont je parlerai plus longuement tout à l'heure :

Il n'y a de nobles créatures humaines que celles qui s'adorent elles-mêmes et qui s'étudient à tirer de leur nature tout le vain bonheur qui y est contenu. Vain, mais réel et seule réalité. Savoir que l'on n'a qu'une vie et qu'elle est limitée ! Il est une heure, une seule pour vendanger la vigne ; le matin, le raisin est âpre ; le soir, il est trop sucré. Ne perdez vos jours ni à pleurer vers le passé, ni à pleurer vers l'avenir. Vivez vos heures, vivez vos minutes, les joies sont des fleurs que la pluie va ternir ou qui vont s'effeuiller au vent (3).

M. R. de Gourmont n'est pas seulement une sensibilité, et la distinction platonicienne, dont je me suis déjà servi pour résoudre d'apparentes contradictions, va me permettre de caractériser plus précisément les diverses tendances morales de cet immoraliste. Si la règle de l'ἐπιθυμητίκον est de jouir de tous nos organes, la volonté de puissance est le but de son énergie, du θυμος, que modérera la raison ; et la morale du νοῦς restituera à cette doctrine une noblesse selon la tradition. Par le jeu de l'intelligence, dirigeant sa curiosité du côté des sciences et du côté de l'art, M. R. de Gourmont va dépasser, malgré lui, le but égoïste qu'il paraissait uniquement se fixer. Je veux répéter d'abord que,

(1) *Le Songe d'une Femme.*
(2) *Une Nuit au Luxembourg*, p. 160.
(3) *Une Nuit au Luxembourg*, p. 100.

lorsqu'il expose cette morale hédoniste, il ne fait qu'oser dire ce que l'hypocrisie nous empêche d'avouer ; l'homme n'a jamais d'autre préoccupation que sa satisfaction individuelle, même lorsqu'il prétend travailler au bonheur de l'humanité. Chacun de nous se considère complaisamment comme le centre de l'univers. Mais il veut avec non moins de force trouver chez son semblable un don, quelque dédaigneux qu'il soit. M. R. de Gourmont, par son œuvre de poète, de philosophe et de savant, augmente ce trésor où les élites vont puiser un peu d'illusion, l'oubli des médiocrités quotidiennes, une ivresse spirituelle qui nous délivre et nous grandit. En assignant à son âme supérieure la curiosité scientifique comme une vertu, en s'adonnant à l'art, il embellit sa morale égoïste d'une plus haute fin. Il donne de l'au-delà à une doctrine qui paraissait étroite et bornée à soi-même. Enfin, et c'est la conclusion où je veux en venir, il y a une utilité involontaire de l'effort individuel. En développant tous ses pouvoirs, l'homme qui poursuit une satisfaction personnelle sert tous ses semblables. La réconciliation de l'individualisme et de l'altruisme peut être tentée sur ce terrain ; car l'homme n'est pas libre de s'abstraire de son milieu. Ses actes y retentissent. Ils ont l'air de converger vers son moi égoïste. Au contraire, ils s'épanouissent autour de lui comme des rayons.

On lui fait aujourd'hui un devoir du don volontaire. L'altruisme est une morale sentimentale. M. de Gourmont n'est pas altruiste, parce qu'il n'est pas sentimental. Cette nouvelle caractéristique est d'autant plus curieuse qu'il a une très vive et très délicate sensibilité. Mais cette absence de sentimentalité explique qu'il n'ait jamais été lyrique. Ses poèmes sont œuvres d'*artiste*. Ce sont des jeux savants et raffinés ; ils ne proviennent pas de ce jaillissement où s'épanche le cœur du poète.

Qu'est-ce donc que le sentimentalisme ? Il faut rappeler d'abord la différence entre le sentiment et la sensation, celle-ci ayant une cause extérieure, l'autre une cause interne, psychologique. Le sentiment est à la sensation ce que le cliché est à l'image, en philologie. C'est la sensation dépouillée de son élément physique et de relativité, c'est une image usée, abstraite, et dont la fleur est tombée. La sensation est relative, spéciale, momentanée ; le sentimental lui confère un caractère de durée que va démentir douloureusement sa fugacité naturelle. Le sentimentalisme serait alors l'exagération de l'élément intellectuel, du terme imagination. Cette disposition psychologique nous conduit à évaluer faussement la réalité, à donner à la sensation, à cause du retentissement prolongé qu'elle éveille en nous, un caractère de permanence qui lui est contraire. Le sentimentalisme proviendrait donc du déséquilibre entre l'élément physique ou d'expérience et l'élément intellectuel ou *à priori*, entre l'élément réalité et l'élément rêve. Et si on pousse plus loin, on s'aperçoit que « la perception est une hallucination vraie ; mais nous n'avons pour la différencier de l'hallucination fausse que des moyens empiriques et fugitifs ; entre l'objet et nous il y a la sensibilité qui grossit ou rapetisse, qui déforme toujours. La raison, au sens vulgaire, n'est que la moyenne des sensibilités ; elle vaut ce que ce valent les moyennes (1). » On arriverait ainsi à la conclusion où conduit toute discussion un peu précise, à savoir qu'il faut se taire ; rien n'est connaissable et le langage, avec le contenu

(1) *Epilogues*, IIIe série, p. 68.

de sens que l'homme met en lui, n'est pas moins vain que le chant des oiseaux. Il contient tout autant de certitude philosophique.

Cependant, si j'emprunte des exemples, j'obtiens plus de clarté. Une morale sentimentale sera celle qui ne tiendra pas compte des exigences physiologiques de l'homme. Une sociologie sentimentale sera celle qui construira ses théories hors de l'expérience, d'après un rêve et non pas à la suite de l'examen des volontés biologiques de l'humanité. Une philosophie sentimentale exigera que l'homme conquière la vérité, se repose dans la certitude d'un but et dans l'espoir d'une récompense. Le rationalisme montre cette exagération de l'élément à-prioriste.

Mais venons à l'exemple le plus précis ; l'amour est le domaine préféré du sentimentalisme. Si je devais définir l'amour, je dirais qu'il est un instinct ennobli d'un rêve. Et je note en passant combien cet : *ennobli*, que j'ose écrire, porte l'empreinte de la tradition chrétienne et platonicienne. Il dévoile l'ancienne appréciation de l'instinct, cette prétendue bassesse heureusement niée par R. de Gourmont. L'amour, dans sa réalité d'acte, étant tenu pour un abaissement au rang de la bête, on le justifie d'un sentiment ; on le poétise d'une participation intellectuelle. Mais il paraît indiscutable que l'amour comprenne ces deux éléments bien distincts. Lorsque l'élément de sexualité et celui d'imagination se trouvent en équilibre, on a *l'amour*. Si c'est l'élément réaliste qui paraît seul on obtient la *luxure*, et le *platonisme* enfin quand l'élément onirique nie toute intervention de la sexualité.

Un autre caractère du sentimental, et pas le moins curieux, c'est qu'il se prend au sérieux ; le

4

sentimental n'est pas capable d'ironie, et cela
est logique, car elle suppose un point de vue critique où il ne peut se hausser. Stendhal, dont l'influence sur R. de Gourmont est certaine, a remar-
qué ce détail psychologique : « Les Allemands deviennent fous à la vue de ce qu'ils appellent l'ironie française. Je pousse la prétention anti-ironique
jusqu'à être sentimental, etc... (1). » M. R. de Gourmont a le don de l'ironie ; elle est le sourire de son
œuvre ; il advient même quelquefois, car on l'y
rencontre avec toutes ses gradations, qu'elle va
jusqu'au sarcasme. Elle prend alors un ton de
détachement, de dédain supérieur qui augmente sa
cruauté. L'ironie est une méthode de scepticisme.
M. de Gourmont, qui est sceptique au plus haut
point, en fait gloire à ceux qui la possèdent.

Bien que l'ironie et la sentimentalité ne puissent
logiquement co-exister dans la même âme, il y a
l'exemple du contraire, l'exemple déconcertant de
Jules Laforgue. Le charme ambigu de son œuvre
et sa rare valeur viennent de ce rire trempé de
pleurs. On se rappelle à le lire ce que Stobée ra-
conte de Pandore : la divine voyageuse, qui portait
à l'homme le coffret où ne devait rester que l'espérance, fut, dit-il, pétrie avec de la terre mouillée
de larmes. Mais si Laforgue avait vécu, son orientation intellectuelle eût sans doute changé ; l'amour
paraît avoir pris chez lui la plus haute et la plus
pure forme de sentimentalité. Il ne rit plus, il ne
se moque plus dans ces lettres exaltées où il parle
de celle qui va être sa femme.

Chez R. de Gourmont la conception de l'amour
est pure de toute compromission sentimentale.

(1) Anecdotes françaises. *Les Plus belles pages de Stendhal,*
Merc. de Fr., p. 369.

Il n'y a pas, reprit Bouret, plusieurs sortes d'amour.
Il n'y en a qu'un, l'amour physique. Le plus éthéré re-
tentit dans l'organisme avec autant de certitude que le
plus brutal. La nature ne connaît qu'une fin, la procréa-
tion, et si le chemin que vous prenez n'y conduit pas,
elle vous arrête et vous condamne au moins à quelques
simulacres, c'est sa vengeance (1).

Dans son œuvre, on rencontre plus souvent la
luxure que l'amour. Cependant, l'élément intellectuel, s'il est parfois absent, n'est pas nié, au contraire. On sait que sa participation est ici nécessaire ; j'en vois la preuve dans cette exquise définition : « L'amour, c'est une religion mutuelle (2). »
Et je citerai aussi ce passage très explicite :

Je hais le sentiment à l'heure même où je le subis
et je range dans le musée des niaiseries les fleurs séchées
que je garde pourtant entre les feuillets de mes poètes....
Je ne suis dupe ni de la beauté des femmes, ni des piè-
ges de l'inconscient. Les femmes sont belles parce que
nous les désirons. La femelle ne contient pas plus d'absolu
que le mâle. Je sais que si je suis ému au mouvement d'une
gorge qui se gonfle sous les dentelles, c'est parce que le
dieu qui nous leurre m'impose le souci de perpétuer ce
mouvement d'amour et l'organisme qui en est le mo-
teur (3).

On retrouve en cette théorie l'esprit scientifique
de R. de Gourmont. La vision de l'artiste est chez
lui presque toujours corrigée par la conception du
philosophe, dont l'idée s'achève en cet aphorisme
définitif : « Les femmes sont de la métaphysique ! (4) » Cette théorie amoureuse s'accorde avec
l'idéalisme de l'écrivain ; nous l'avons déjà décou-

(1) *Un Cœur virginal.*
(2) *Ibid.*
(3) *Le Songe d'une Femme.*
(4) *Une Nuit au Luxembourg*, p. 178.

verte, je le rappelle, dans cette œuvre de début, si curieuse et si précieuse : *le Fantôme*.

Le moraliste c'est l'éternel vieillard qui fait un tableau terrible de l'amour à la jeune fille dont il est amoureux (1).

Il n'y a rien de pareil chez M. R. de Gourmont à cause de ses dons d'artiste, de cette union si rare de la sensibilité et de l'intelligence. Il a beaucoup écrit des femmes et ses livres sensuels trahissent ensemble un amant et un philosophe. Enfin, rencontre curieuse, malgré son absence de sentimentalisme, il s'arrête à la même conclusion que cette George Sand dont, après Nietzsche, il a si durement parlé. Elle glorifiait la domination de la passion ; son exaltation romantique ne permettait à rien de contredire le désir mutuel de deux amants. M. R. de Gourmont écrit presque la même chose ; il est vrai que les conclusions sont indifférentes ; seules nous intéressent les méthodes qui nous y conduisent.

Il y a en elle une plénitude de vie et de chair qui attire la morsure ; elle excite la sensualité ou peut-être la gourmandise ; je deviens ogre à sentir sous cette robe tendue et insolente la certitude d'un corps qui m'est dû, comme le corps de toutes les femelles de ma race. Il est évident que, d'après les lois de la nature et de mon désir, j'ai le droit de la prendre et de la courber sous mon joug (2).

C'est le règne des instincts proclamé. Il a une confiance, peut-être excessive, dans l'instinct qu'il prétend infaillible.

---

(1) *Une Nuit au Luxembourg*, p. 110.
(2) *Le Songe d'une Femme.*

Quand il s'agit de distinguer ce qui leur est utile
d'avec ce qui leur est inutile, les hommes sont infaillibles.
Notre raison a beau se révolter, il faut en venir là. J'appelle cela le principe d'utilité. On en ferait la clef de
toutes choses. Avec cette clef on ouvrirait même des por-
tes qui n'ont jamais cédé. (*En note*) : Cela diffère de la
théorie des attitudes d'utilité de M. J. de Gaultier en
ceci que, pour moi, l'attitude universelle et permanente
d'utilité est la seule possible. Mais les utilités sont diverses et engendrent des conflits. Il y a aussi l'imitation
de l'utilité (1).

Ce principe pourrait surtout servir à l'exégèse de-
certaines notions, et je rappelle la théorie de Stuart
Mill mettant à l'origine des valeurs morales cette
même idée d'utilité. Ce qui est juste, c'est ce qui est
favorable à la tribu primitive. Un acte est vertueux
ou vicieux selon qu'il est utile ou nuisible à cette
première collectivité. Mais l'affirmation de M. R.
de Gourmont paraît trop entière et, — quelle injure
à ce maître du doute ! — un peu trop dogmatique.
Peut-être que, dans la foule d'instincts en lutte permanente chez le même individu, celui qui triom-
phe, le plus fort, n'est pas toujours le plus utile.
Cela semble plus logique même avec la conception
de R. de Gourmont, substituant des forces pures
de toute qualification aux anciennes valeurs du bien
et du mal. Tous les désirs sont des instincts ; la
victoire est au plus fort et ce dernier peut-être
inclinera l'individu à un mouvement, qui ne sera
pas des plus favorables à conserver ou développer
sa vie. Ayant détruit cet ordre, je tomberais moi-
même facilement dans l'erreur habituelle, je pro-
poserais une sorte de manichéisme physiologique.
Il y aurait les bons et les méchants instincts. ceux

(1) *Epilogues*, III, p. 223.

que l'amour de la vie soutient et ceux qui ont le goût de la mort. La victoire appartiendrait aux bons chez l'être sain, aux mauvais chez le malade. Les bons instincts présideraient à « la vie ascendante », les autres à la décadence. Il est vrai qu'il resterait à définir le sain et le malade. Et si cela semble impossible dans l'abstraction, la réalité concrète s'y prêterait sans doute mieux. J'appellerais sain celui qui augmente sa force. Mais n'est-ce pas un cercle vicieux?.. Encore une fois, c'est la dernière conclusion où l'on arrive. Le diallèle est l'argument le plus fort en faveur du scepticisme. Cependant toute parole est un acte de foi. Vivons comme si nous pouvions changer quelque chose à la nécessité qui nous mène. Il est bon de se croire un démiurge, si modeste soit-il, et de s'imaginer qu'on peut diriger du moins la barque, puisqu'il est certain qu'on ne se baigne pas deux fois dans le même fleuve, selon la parole désenchantée du vieil Héraclite.

« Oser dire à l'instinct qu'il se trompe, c'est une des prétentions de la raison, mais peu raisonnable (1). »

M. de Gourmont fait ainsi rentrer en sa philosophie l'idée de finalité. Sans doute il prend des précautions, mais sont-elles suffisantes, et l'idéalisme que nous expliquerons tout à l'heure peut-il s'en contenter ?

Sans doute et ce n'est pas niable, il y a une finalité générale, mais il faut la concevoir comme représentée tout entière par l'état présent de la nature. Ce ne sera pas une conception d'ordre, c'est une conception de fait (2).

(1) *Culture des Idées*, 223.
(2) Voir *Phys. de l'Amour*, pp. 144-146.

Il semble bien qu'il détruise, dans ce qui suit, cette conception de fait. Mais alors le mot : *finalité*, est équivoque. M. de Gourmont paraît donner une valeur qualitative à cet état qu'il constate dans le monde. Il est permis de conclure qu'à l'ordre mis par l'esprit dans les phénomènes correspond un ordre réel, et bon, favorable ; or, ceci est en dehors de l'idéalisme. Il avait autorisé aussi cette affirmation en écrivant cette dangereuse phrase où la pensée est moins hésitante : « Il n'y a d'absolument nécessaires que les lois naturelles, elles ne pourraient différer, et elles ne peuvent changer (1). » Mais pour avoir sur cette question une opinion exacte, il est bon de lire dans *Physique de l'amour*, p. 146, une excellente définition de la loi. L'idéalisme irréductible de l'écrivain corrige en cette page les hypothétiques défaillances que je viens de signaler.

Avec une telle affirmation, il n'était pas même besoin de prêcher l'évangile de la recherche du bonheur. Cette nouvelle finalité nous y conduirait malgré nous. Et d'ailleurs à quoi bon ce bonheur, ce vain bonheur, puisque R. de Gourmont, en face de cette ardente conquête, en montre l'inutile aboutissement, et explique l'insatiabilité de l'homme ? Nous devrions en être découragés à jamais, si seulement nous avions la liberté de ce découragement. Nous ne pouvons pas choisir, malgré notre orgueilleuse volonté, le chemin que nous suivons. Il s'y trouvera sans doute plus de ronces que de roses ; il ne nous est pas permis d'éviter les buissons ou de nous arrêter près des fleurs. Il faut aller sans cesse ; le Destin nous pousse aux épaules jusqu'à ce que nous pliions les genoux

(1) *Culture des Idées*, p. 116.

pour faire notre hommage à la Mort. Mais si nos mains sont griffées, si nos pieds sont meurtris et saignent, nous pouvons du moins dire que celui-là, qui, près de nous, a rencontré un sentier facile, n'en goûte pas la douceur. Et peut-être même qu'il envie notre souffrance. Il n'a pas même la liberté de connaître son bonheur.

Les actes appelés vertueux ou vicieux, il les voyait nécessités par l'état des organes, par la disposition du système nerveux (1).

L'influence de la conscience sur la conduite des hommes lui semblait nulle (2).

A l'impératif catégorique de la raison est substitué l'impératif physiologique. Qu'importent nos efforts, c'est la roue du Destin qui nous entraîne. Chrétien ! tu peux mater tes instincts, fermer tes lèvres aux baisers, écarter les odeurs enivrantes de la nature. Ce n'est pas le souci de ton salut qui te guide et tes gestes ascétiques ne sont pas plus libres que ceux du débauché. Dans le déterminisme universel il ne saurait y avoir de place pour une liberté si petite qu'elle soit. Nos actes, ce sont les fleurs que nous portons. Il y a des plantes qui ne fleurissent jamais; d'autres tendent des fleurs putrides et des fruits empoisonnés. Mais tous et toutes ont une beauté aux yeux de l'immoraliste pour qui ces mots : bien et mal, n'ont pas de valeur absolue. Bien et mal, blanc et noir. Le noir sied mieux à certains visages et le blanc seul peut bien revêtir d'autres statures. Bien et mal. Le mal a sa beauté, âpre et violente à nos sens meurtris de christianisme, mais réelle, vivante, au regard désintéressé

(1) *Un Cœur virginal.*
(2) *Un Cœur virginal.*

du savant. Et gardons-nous de prononcer le mot
de certitude. Bien des certitudes différentes s'im-
posèrent au cours des âges à l'humanité toujours
pleine d'espérance. Il y en eut de tristes et d'autres plus optimistes. Nous en sommes en ce moment
revenus à la philosophie antésocratique. Peut-être
un nouveau Platon va-t-il paraître avec sa doctrine
poétiquement finaliste. Si M. Anatole France n'avait
pas derrière lui un long passé de souriant scepticisme, il pourrait tenter cette œuvre salvatrice et
faire figure de rédempteur. Sa grâce et sa séduction lui sauraient faciliter la victoire, avec l'aide
des Muses, à qui jadis il fut cher.

On naît croyant parce qu'on apporte en naissant
la nécessaire et tenace volonté de vivre. La vie est
fondée sur un acte de foi et M. J. de Gaultier nous
a dit combien les hommes avaient besoin du mensonge ; *le non-vrai* est la condition de la vie. Mais on
devient sceptique par l'effort de l'examen scientifique. Cependant, il est indispensable, lorsqu'on ne
veut pas perdre pied, de tenir compte de la réalité
dans la construction théorique. Aussi la dernière
conclusion de M. de Gourmont en cette matière est
celle-ci :

La morale est une moyenne qui s'obtient en réduisant
par la coutume les tendances personnelles : développer
son caractère, nourrir ses goûts, satisfaire sa sensibilité
en respectant les usages du milieu et du moment où
l'on vit, c'est la limite de la liberté des mœurs comme de
toutes les libertés (1).

Il paraît ainsi, pour reprendre l'expression nietzschéenne, se rapprocher plutôt du type apollinien,
par sa préoccupation du moment présent, que du

(1) *Epilogues*, III, p. 92.

type dionysien, qui entraîne avec lui l'effort vers
un idéal inaccessible, la volonté de réaliser le surhumain. Mais il ne nous offre pas une règle de
mœurs universelle, uniforme, impérative. Il a trop
de sagesse pour cela.

La vie est indéchiffrable, illogique et incertaine, et
c'est pour cela que les plus difficiles l'aiment avec une
triste passion (1).

M. de Gourmont aime la vie, parce qu'il est un
artiste; il interroge le sphinx, parce qu'il a la
curiosité philosophique. Mais il a aussi trop de
sagesse scientifique pour espérer résoudre un jour
l'énigme.

IV

Des trois âmes que Platon enfermait dans l'homme, une seule était immortelle, le νοῦς; elle seule
était d'une essence supérieure. Toutes les théories,
quelles qu'elles soient, on peut les adapter à l'époque où l'on pense soi-même. On peut les rendre
compatibles avec n'importe quel état de culture et
de science. Cette immortalité, il est facile encore
aujourd'hui de l'admettre, puisque les œuvres vivent par ce qu'elles contiennent de pensée. Elles
vivent; ne cherchons pas si cette survie, au regard
de la durée du monde, est minime; il ne faut
pas comparer cette éternité de quelques siècles à
l'amoncellement des millénaires de l'évolution.
C'est une éternité à notre taille, et elle peut suffire
à l'ambition humaine : d'autant plus qu'il vaut

(1) *Epilogues*, II.

mieux s'effacer bientôt dans l'oubli plutôt que d'être
considéré comme caduc et vain par quelque sévère
exégète. Ceux-là seuls peuvent conquérir cette
gloire dont le cerveau produit les pensées rares et
subtiles, nouvelles, où l'homme d'aujourd'hui. du
moins, ayant oublié celui d'hier, retrouve le passé
sans le reconnaître et le recrée selon sa fantaisie ou
son besoin actuels. M. de Gourmont émet une idée
très précisément platonicienne quand il écrit : « Je
compris que les hommes n'inventent pas, mais qu'ils
se souviennent (1). » Le νοῦς dirige et commande
chez l'homme supérieur. La plupart des gens sont
conduits par leurs seuls appétits ou tournent à
tous leurs sentiments, dociles girouettes. D'autres
plus rares, portant un cerveau fortement organisé,
imposent à leurs tendances la domination de la
pensée. Je sais l'objection : l'idée est sans influence
sur les faits ; il s'agit de deux mondes différents
bien qu'ils se pénètrent mutuellement, et où tout
se passe suivant un étroit déterminisme. Mais il
faut quelquefois savoir oublier cela, ou se taire.
Nulle discussion n'est possible dès que le déterminisme est admis dans sa formule absolue. Nous
n'avons pas le droit d'écrire : *je*. Et cependant ce
je est à la base de toute philosophie, surtout de
celle de M. de Gourmont. L'homme au cerveau
lucide, celui qui vit dans la plus haute et la plus
claire conscience de ses actions et de ses pensées,
les voit sitôt qu'elles naissent, à tel point qu'il croit
commander et choisir, lorsqu'il n'y a que simple
simultanéité. Il se croit libre et maître de lui-
même.

Les hommes, quoique soumis, vous le savez, et très
étroitement, à des lois physiques fatales, ne sont-ils point,

(1) *Une Nuit au Luxembourg*, p. 189.

en apparence, aptes à l'initiative ? Vous êtes libres quand vous vous croyez libres (1).

A cause de cette heureuse illusion, la pensée semble prendre plus d'audace et d'assurance. Elle domine hardiment chez M. R. de Gourmont malgré la saine ardeur de la sensibilité. Je parlerai plus loin de cet équilibre entre la sensibilité et l'intelligence que l'on découvre en presque tout son œuvre. Il s'agit bien d'une domination alternée où toujours l'esprit a le dernier mot.

Mais il a vulgarisé cette idée de Nietzsche qu'une philosophie n'est qu'une production physiologique, au même titre que n'importe quelle création humaine. Vouloir empêcher la sensibilité de collaborer à ce grand œuvre est parfaitement vain. Le penseur organise une philosophie avec son tempérament tout entier, que, pour le seul besoin d'une analyse plus minutieuse, on sépare en intelligence et sensibilité. Toutes deux sont des fleurs de la même tige. Cette idée nous explique la tentative de M. R. de Gourmont qui essaya de réduire à l'identité l'idéalisme et le matérialisme (2).

La conception philosophique porte donc la marque de notre sensibilité ; aussi l'individualisme de M. de Gourmont ne pouvait se formuler que dans l'idéalisme. L'idéalisme est une philosophie très humble et très hautaine. « Le monde est ma représentation », je ne connaîtrai jamais que des états de ma sensibilité, le monde des choses en soi, le noumène, comme dit Kant, en son jargon, est hors d'atteinte. Je dois vivre dans l'apparence, et mes constructions n'ordonneront jamais que les pâles fantômes des choses qui vivent hors de moi.

(1) *Une Nuit au Luxembourg*, p. 55.
(2) *Promenades Philos.*, Iʳᵉ série.

Mais, et mon orgueil s'exalte ici, par le fait même de cette subjectivité, je crée le monde à mesure que je le contemple. Les choses n'existent que parce que je les conçois. Je suis le centre de l'univers et ma fantaisie organise autour de moi la ronde des phénomènes, satellites qui tirent leur précaire existence du peu de lumière que je daigne projeter sur eux. A mon geste, ils s'éteindront pour retomber dans la nuit du non-être. Je suis un démiurge ; tout est à moi, rien ne vit que par moi. Cette philosophie semble inattaquable. Son plus beau caractère est d'être humaine et simple, et de laisser les Dieux dans l'inaccessible qu'ils habitent. Elle est répandue dans tous les livres de R. de Gourmont, qui dès ses débuts parvint à la sagesse. En effet, la plaquette où il restituait tout son sens à ce mot : idéalisme, est de 1893. On retrouve cette conception dans les *Epilogues*, les romans, les contes, les livres de critique littéraire, philologique et philosophique. Mais c'est dans une *Nuit au Luxembourg* qu'elle est exposée avec le plus d'ingéniosité et de fantaisie. Cependant, il ne faut pas oublier que cet ouvrage est surtout un conte, un beau conte où tout doit être harmonieux. C'est ainsi que j'hésiterais à laisser M. de Gourmont responsable de la métaphysique expliquée par le mystérieux « Lui ». Ces dieux, qui se seraient conquis un royaume dans les planètes, rappellent d'aimables imaginations du XVIIIe siècle. Mais j'ai été fort réjoui d'apprendre que Jéhovah, l'un des derniers venus, habitait la planète Jupiter. O Zeus ! ironie du destin « créateur et régulateur du monde », tu as donné ton nom au palais du Dieu qui t'a supplanté ! Il est vrai que tu fus toi-même usurpateur.

Concevoir le monde comme le produit d'une série de

hasards, c'est-à-dire d'une série de faits ricochant à
l'infini les uns sur les autres, c'est une conclusion à
laquelle les plus nobles esprits de votre temps osent à
peine s'arrêter, quoiqu'elle les séduise. Vingt siècles de
Platonisme ont tellement dérangé l'entendement des
hommes que les vérités simples n'arrivent plus à s'y
fixer (1).

Il adopte sur la matière et le monde les théories
d'Epicure. L'hypothèse des atomes le séduit par sa
simplicité, son irréductibilité, et parce qu'elle ne
contredit enrien les dernières vues de la science.
Mais il a rejeté le vice profond de la métaphysique
épicurienne, son dogmatisme. Epicure, empruntant
à Démocrite le système des atomes, n'eut pas la
sagesse de lui prendre aussi cette idée de « la relativité des qualités sensibles » qu'on devait retrouver
seulement de nos jours, après une critique minutieuse de la connaissance. Et Démocrite est bien plus
grand qu'Epicure pour avoir connu le caractère de
subjectivité attaché à toute philosophie. Le disciple,
plus timide et inquiet de stabilité, pense que nous
pouvons connaître les choses telles qu'elles sont. Il
n'a pas pour la vérité ce beau dédain où se plaît
M. de Gourmont. Il s'imagine que ce mot a un
contenu réel et que nous pouvons saisir. Or ceci,
M. R. de Gourmont ne saurait l'admettre. Si la
part de la sensibilité dans la conception philosophique consiste en cette théorie de la lutte éternelle
des forces pour un équilibre instable sans cesse
rompu, l'intelligence apporte le tempérament nécessaire du doute et de l'ironie. Après avoir exposé le
système du monde, la destinée des hommes et des
dieux, le sublime étranger d'*Une Nuit au Luxembourg* conclut ainsi :

(1) *Une Nuit au Luxembourg*, p. 84.

Lui.—J'ai encore quelques paroles à te dire et ce sont les plus importantes. Il faut que tu oublies notre conversation.

Moi. — Maître, c'est impossible. Elle fait partie de moi-même, elle est entrée dans ma chair, dans mon sang et dans mes os.

Lui. — Eh bien, tu sauras alors que j'aurais pu te dire tout le contraire, et que cela aurait été aussi la vérité (1).

La vérité ! qu'est-ce que la vérité ? il faut citer ce passage d'une si belle et forte simplicité.

Qu'est-ce que la vérité ? N. S. Jésus-Christ, qui prétendait savoir toutes choses, ne savait pas celle-là. On est mieux renseigné à cette heure. Nul n'ignore plus que la vérité est un mot commode, composé (en français) de six lettres, par lequel on exprime l'accord entre l'objet et la représentation, c'est-à-dire rien qui ait un sens pénétrable à une intelligence humaine, puisque nous ne connaissons jamais un objet, quelle que soit sa nature, que selon la représentation mentale que nous nous faisons de cet objet. L'objet n'existe pas plus réellement dans la représentation qu'un arbre dans une photographie ; et, cependant nous devons nous contenter de la représentation, car nous ne verrons jamais l'arbre, nous ne verrons jamais l'objet, nous ne saurons jamais s'il y a un accord, et de quelle sorte, entre ce qui est et ce que nous connaissons (2).

On lit plus loin :

La vérité, c'est le doute « tempéré par le mépris (3) ».

Et ailleurs :

Il est aussi absurde de chercher la vérité et de la

---

(1) *Une Nuit au Luxembourg*, p. 173.
(2) *Epilogues*, II⁰ série, pp. 64-65.
(3) *Ibid.*, p. 71.

trouver, quand on a atteint l'âge de raison, que de mettre ses souliers dans la cheminée, la nuit de Noël (1).

On pourrait multiplier les citations à ce sujet.

Le doute est un état d'inquiétude; ils sont peu nombreux, ceux qui peuvent le nommer « un mol oreiller ». L'instinct métaphysique est un parasite bienfaisant, puisqu'il favorise la vie. Les hommes ont besoin d'une foi, comme les voyageurs se coupent un bâton à la première haie. Nous voyons aujourd'hui naître un nouveau culte ; et l'idole récente paraît devoir être aussi absurde et tyrannique que ses devancières. La science, en parvenant au peuple, lui est arrivée sous la seule forme qu'elle pût adopter pour pénétrer jusqu'à lui : la forme d'une croyance. On invoque la Science, le Progrès, l'Evolution ; et l'on met dans ces mots un pouvoir quasi-miraculeux. « La vérité entre dans un cerveau comme l'eau dans un vase, elle en prend la forme (2). » Mais l'idole a subjugué aussi des intelligences. M. R. de Gourmont combat le rationalisme actuel et ses prêtres convaincus. Il lutte contre ce « despotisme rationaliste, plus dangereux encore (que le despotisme théologique) à cause du masque d'illusion intellectuelle dont il se pare pour séduire les esprits simples et droits (3). » « Ce qui constitue le phénomène religieux, ce n'est pas la croyance à une religion, mais bien la croyance à toute vérité (4). » Il est bon d'insister sur ce sujet. C'est en effet l'une des gloires de M. de Gourmont, auprès des esprits avertis, de savoir distinguer le savant du hiérophante, d'avoir rendu, par exemple, à M. M. Berthelot l'hommage que méritait le

(1) *Le Problème da Style*, p. 8.
(2) *Epilogues*, II, p. 67.
(3) *Promenades philosophiques*, I, 130.
(4) *Epilogues*, III, p. 68.

chimiste et montré du même coup la vanité de ses visions philosophiques (1).

Il n'y a plus qu'une philosophie digne de ce nom : la philosophie scientifique (2).

Il nous faut une philosophie de plain pied, familière et scientifique, toujours provisoire, toujours soumise au fait nouveau qui va nécessairement surgir, une philosophie qui ne soit qu'un commentaire de la vie, mais de la vie entière (3).

Il s'applique parfois à ce commentaire, mais ses préférences sont ailleurs. Il est surtout celui qui sape les vérités et non celui qui les construit. « Mon métier est de semer des doutes. Ce mot de Pierre Bayle contient toute une méthode et toute une morale. La vérité est tyrannique, le doute est libérateur (4). »

Individualiste forcené, M. de Gourmont veut rester libre. J'écris ce mot avec plus d'assurance, maintenant que j'en ai indiqué l'illusoire valeur. Toute vérité est une chaîne. Il possède des limes à qui nul métal ne résiste. Il sait s'évader de toutes les certitudes ; il n'a pas cette « horrible manie de la certitude » dont il parle dans les *Epilogues;* la fréquentation de son œuvre est salutaire, parce qu'elle nous rend l'indépendance. Elle nous offre une méthode et nous enseigne les ruses, qui vont nous permettre de démasquer toute vérité. Cette méthode, c'est « la dissociation des idées ».

Il y a deux manières de penser : ou accepter telles qu'elles sont en usage les idées et les associations d'idées ou se livrer, pour son compte personnel, à de nouvelles

(1) *Epilogues*, III, pp. 14 et suiv.
(2) *Promenades philosophiques*, 1ʳᵉ série, p. 133.
(3) *Promenades philosophiques*, 1ʳᵉ série, p. 133.
(4) *Le Problème du Style*, p. 8.

associations et, ce qui est plus rare, à d'originales dissociations d'idées. L'intelligence capable de tels efforts est
plus ou moins, selon le degré et selon l'abondance et la
variété de ses autres dons, une intelligence créatrice. Il
s'agit, ou d'imaginer des rapports nouveaux entre les
vieilles idées, les vieilles images, ou de séparer les vieilles
idées, les vieilles images unies par la tradition, de les
considérer une à une, quitte à les remarier et à ordonner une infinité de couples nouveaux qu'une nouvelle
opération désunira encore, jusqu'à la formation toujours équivoque et fragile de nouveaux liens (1).

Il faut lire ces pages alertes, précises, dont la
hardiesse logique et l'ingéniosité d'analyse sont
incomparables. Ici, vraiment, M. R. de Gourmont
parvient au degré le plus haut de la puissance intellectuelle. Je cite, entre autres, les dissociations suivantes : l'idée de génération et celle de plaisir
charnel, l'idée d'honneur et celle du soldat, l'idée
de justice, l'idée de liberté, d'art, de beauté, etc. On
trouve là de curieux exemples de la hardiesse ironique de l'auteur. A propos de l'idée de justice, par
exemple, il va jusqu'à insinuer que c'est la victime
qui mérite d'être châtiée et non pas le coupable. Cet
ouvrage, l'un des plus beaux de cet écrivain, est
d'une admirable richesse. *Le Paganisme Éternel,
la Morale de l'Amour* montrent autant d'érudition,
immense et minutieuse, que d'originalité philosophique.

L'esprit de contradiction facilitait à M. de Gourmont la dissociation des idées, mais pour la manier
de façon pas trop maladroite, il est une science
nécessaire dès l'abord, c'est la connaissance exacte
des mots. Je me rappelle avoir lu jadis à peu près
ceci : la période symboliste ne nous a donné qu'un

(1) *La Culture des Idées*, p. 73.

écrivain fortement organisé : R. de Gourmont. Encore n'est-ce qu'un grammairien ! — Ce dédain est d'une grande légèreté. Les mots ont un contenu de pensée ; il change au cours de l'évolution d'un même terme. On ne sait exactement en quoi il consiste que si l'on est un philologue. « Je crois qu'un écrivain quel qu'il soit doit être aussi un grammairien(1). » Sans parler des poèmes en prose mystérieux et d'une étrange musicalité, il n'était possible qu'à un philologue et à un grammairien d'écrire ces ouvrages d'une critique si érudite et si délicate : *Les Promenades littéraires, les Promenades philosophiques, le Chemin de velours, la Culture des Idées.* Enfin l'examen des doctrines et des faits se spécialise encore davantage autour du *Problème du Style* et de cette *Esthétique de la langue française,* où tout écrivain devrait venir apprendre la tradition et la pureté du style. On use des mots sans apprentissage ; parce que l'outil est dans toutes les mains, on s'imagine que n'importe qui peut s'en servir. La lecture de ces livres incline à plus de modestie. L'intelligence de M. de Gourmont illumine toutes ces œuvres, qui sont à la fois solides de toute une science précise et claire, et séduisantes par leur spirituelle subtilité. Enfin, il n'écrirait pas cette langue nerveuse et sûre s'il n'avait d'abord patiemment étudié son élément premier : le mot. Cette culture a certainement contribué à lui donner ce sens de la mesure et cette clarté par lesquelles il se rattache à la tradition la plus classique de notre littérature.

Mais toute cette philosophie des idées et des mots, cet idéalisme, ce scepticisme se situent sur le plan intellectuel. Il me semble intéressant d'étudier

(1) *Promenades littéraires,* I, p. 338.

en quelques lignes l'ombre que ces conceptions pro-
jettent sur la réalité. Un homme ne peut pas s'abstraire du milieu où il vit, et ceci est encore plus
vrai de M. de Gourmont que de tout autre. Son
isolement n'est pas la claustration en quelque tour
d'ivoire. Pour employer encore un autre cliché
célèbre, il a ouvert la fenêtre sur la vie ; il aime
le spectacle des mouvements de la vie. Il peut
paraître alors que les notes qui vont suivre ne sont
pas à leur place. Et en effet si j'avais dû analyser
l'attitude politique, l'appréciation des phénomènes
sociaux chez un autre écrivain, il eût fallu s'en occuper à l'occasion de l'étude des sentiments. Ce sont
en général des manifestations de l'âme seconde, du
θῦμος. C'est l'une des originalités de M. de Gourmont de rester ici logique avec lui-même, de regarder la lutte du seul point de vue philosophique,
avec un désintéressement supérieur.

Ce détachement fut pire au début ; il était de l'indifférence délibérée et M. de Gourmont en tirait
quelque gloire. Mais, je l'ai déjà dit, nous avons vu
la réalité entrer peu à peu dans cette âme ; de sorte
que celui qui considérait les événements comme
n'ayant d'autre intérêt que de se prêter à nos mé-
ditations, en est venu à écrire que c'est vraiment
chose curieuse cette existence de quelques milliers
d'hommes occupés de pensée et qui, au lieu de
vivre la vie, se passionnent à la songer.

Parce qu'il n'est pas sentimental, il ne saurait
fonder une sociologie sur certaines visions roman-
tiques. Il méprise les conceptions de Rousseau, qui
n'ont rien d'humain, malgré leurs prétentions. Il
s'élève contre toutes les constructions utopiques.
Cependant, à propos de Rousseau, je veux noter
une restriction. On la trouvera dans *Une Loi de Constance Intellectuelle*. Il dépeint ce que pouvait être

l'existence pacifique et facile des hommes de l'époque lacustre. Il confesse alors que Rousseau a pu dire que l'état de nature était préférable et meilleur. Ceci montre à quel point M. de Gourmont est sincère, éloigné de tout parti pris, et combien il s'efforce de faire le tour de toute question.

J'ai dit qu'il était un immoraliste. On pourrait se demander si cet immoralisme ne consiste pas tout simplement en une clairvoyance désintéressée, en une facilité particulière à appliquer à la réalité mouvante et diverse la méthode d'examen scientifique. La première conséquence de cette méthode fut de replacer l'homme, dans la série animale, à sa place logique.

L'homme n'est pas au sommet de la nature ; il est dans la nature, l'une des unités de la vie et rien de plus. Il est le produit d'une évolution partielle et non de l'évolution totale ; la branche où il fleurit part, ainsi que des milliers d'autres branches, d'un tronc commun (1).

Ce qu'il y a de plus beau dans l'homme c'est son animalité. Sa noblesse, c'est d'être une parcelle de la nature, soumise comme les autres aux lois générales de la vie (2).

M. R. Quinton, en apportant de nouvelles vérités, dont on ne peut encore prévoir toute la fécondité, permit à R. de Gourmont d'assurer cette philosophie. C'est encore d'un point de vue scientifique, ou immoraliste comme l'on voudra, qu'il put démontrer l'utilité sociale du vice (3). Il fallait aussi sa hardiesse d'esprit pour établir, succinctement, mais avec rigueur, la théorie de l'insatia-

(1) *Physique de l'amour*, p. 7.
(2) *Promenades philosophiques*, II, p. 122.
(3) *Epilogues*, II, p. 255.

bilité humaine et de la vanité du progrès (1). Cependant la réalité n'entre pas exactement dans tous
ces cadres et il ne l'ignore pas. Elle ne se plie pas à
toutes les classifications qu'on lui veut imposer.
M. de Gourmont avait d'abord considéré le
monde contemporain d'un regard nietzschéen et
très aristocratique. Il traitait cruellement. les
démocraties, et cette morale d'esclaves qui ano-
blit très chrétiennement la faiblesse et veut rabais-
ser la force (2). En païen, il ne pouvait consentir
à cette humilité. Aujourd'hui, son attitude semble s'être inclinée. Et qu'on ne se méprenne pas,
il ne s'agit nullement d'une abdication de pensée
dont cette âme est incapable, mais de deux mo-
ments différents d'une pensée qui se renouvelle
sans cesse et ne redoute pas la contradiction.
« Ceux qui ont créé cette rose ne sont pas ceux qui
en jouissent... Des hommes se révoltent : comment
les empêcherez-vous de se révolter? Ils ont raison (3). » Puisque le but de la vie est la recherche
du bonheur, de quel droit nier aux autres hommes
l'effort vers cette conquête? Du droit de la force?
Mais ne sont-ils pas la force? Ils sont la force, une
force virtuelle, qui s'organise, et va bientôt jaillir
malgré les digues. C'est parce qu'ils sont une forme
active de l'énergie universelle que M. de Gourmont
les considère avec curiosité et sympathie, avec
quand même un peu de dédain. Il méprise les déma-
gogues, ces gens qui agitent des mots sonores pour
faire venir le badaud. Il méprise surtout ceux qui
disent à l'homme le conseil renouvelé du Christ :
souffre dans le présent, ne place ton bonheur que

---

(1) *Epilogues*, III, p. 159.
(2) *Epilogues*, III, pp. 50 et suiv. — *Epilogues*, II, pp. 91 et suivantes.
(3) *Une Nuit au Luxembourg*, pp. 149-150.

dans l'avenir. Encore apporte-t-il à ces opinions le tempérament de son scepticisme.

M. Del. — Vendre du Paradis ! vendre du paradis !

M. Desm. — Ah ! c'est un beau commerce !

M. Del. — Et savez-vous ce que je pense, mon cher ami ? C'est un commerce qui ne va pas sans quelque noblesse.

M. Desm. — Quand on y croit (1).

M. de Gourmont s'intéresse trop aux jeux de l'énergie pour que le spectacle social lui soit indifférent. Vivre, c'est changer ; les changements lui sont sympathiques. La préoccupation nietzschéenne du renversement des valeurs se retrouverait peut-être parmi les motifs qui l'ont persuadé. Il doit redouter aussi d'être parmi ceux que leur indolence intellectuelle endort dans l'admiration stérile du passé. Enfin il est influencé par les principes biologiques de M. Quinton :

Loin d'enseigner la stagnation, la résignation, l'acceptation, il conseille au contraire, si l'on sait le comprendre, la révolte contre tout ce qui viendrait empêcher la vie de maintenir ses plus hautes conditions de force et d'intensité. Ces idées se relient aux idées maîtresses de la philosophie de Nietzsche : il faut grandir ou déchoir. Il en est des individus et des peuples comme des espèces animales : ceux qui acceptent les conditions que leur fait le milieu traditionnel, ceux qui ne réagissent pas sont condamnés à la décadence ; ce sont des invertébrés. Les caractères de l'organisme supérieur, au contraire, sont de réagir soit par une évolution profonde et continue, soit par une brusque révolution, contre la médiocrité du milieu où il vit et qui tend à le dominer et à l'amoindrir (2).

(1) *Dialogues des Amateurs. Epilogues*, IV, p. 195.
(2) *Promenades philosophiques*, II, p. 121.

Mais je doute qu'il prenne jamais parti à la façon
de M. Anatole France. Il serait nécessaire qu'il attri-
buât à *sa* vérité une valeur dogmatique, et cela
paraît bien improbable.

Si la conception sociologique de M. de Gourmont semble incertaine, il faut en voir la raison
dans son habitude du scepticisme. Il ne s'agit plus
de controverses spéculatives où l'esprit peut indé-
finiment balancer entre deux solutions également
logiques, adoptant l'une ou l'autre selon les heures.
Le scepticisme ici correspond à l'éloignement. Dès
qu'on veut porter un jugement sur la réalité immé-
diate, il est indispensable de devenir partisan.
M. de Gourmont n'y saurait consentir que provisoirement. Il s'efforce d'adapter la rigueur des théories scientifiques à la réalité quotidienne, complexe
et changeante. Il s'aperçoit combien ce traitement
entraîne avec lui d'injustice, et cet immoraliste, si
hautain d'abord, finit par trouver injuste l'injustice. Je pense à ces pages où la pitié se montre, à
peine.

Il n'est jamais nécessaire que la force use de toute sa
puissance. Je me séparerais ici de Nietzsche, si j'entrais
dans la discussion philosophique, et je permettrais à la
pitié et au dédain d'entrer ensemble dans la maison des
maîtres ; il faut achever les vaincus ou les traiter avec
humanité (1).

Ne pourrait-on pas concilier, du point de vue
nietzschéen, l'immoralisme avec ce sentiment ? Se
surmonter soi-même sans cesse, n'est-ce pas lutter
contre son égoïsme ? Nietzsche exalte la volonté de
puissance, mais ne peut-on pas conclure de l'ensemble de sa doctrine que, cette volonté amenant l'homme

---

1) *Epilogues*, II, p. 92.

'à une réalisation plus haute de lui-même, il emploiera
ensuite ce superflu de forces douloureusement
acquis à tirer jusqu'à lui ceux qui, plus faibles, sont
restés plus bas sur le chemin sublime du surhumain ?
Ceci est inexact si on considère Nietzsche comme
purement dionysien (1). Nietzsche ne paraît con-
damner la pitié que lorsqu'elle détourne de lui-
même un individu faible. Mais elle peut être un
surcroît. Quoi qu'il en soit, cette interprétation n'est
pas valable avec M. de Gourmont. Encore une fois
le scepticisme reprend le dessus. Il est vain de s'efforcer pour soi-même ou pour les autres, puisqu'on ne peut détourner le cours du destin. Un
grand découragement nous déconseille une activité,
qui ne s'achèvera jamais qu'en d'illusoires conquêtes.

Connaissant la vanité de tout, des religions, des phi-
losophies et des morales soumettez-vous extérieurement
aux coutumes, aux préjugés, à la tradition. Accordez
votre démarche au rythme de l'esprit public (2).

Mais cet aphorisme n'exprime qu'un moment
fugitif de sa pensée. Ce renoncement, qui exigerait
désormais la retraite et le silence, n'est que momentané ; il est incompatible avec le courage et le franc
parler de M. R. de Gourmont, l'un de ceux qui
ont la belle audace de dire toute leur pensée parce
que leur pensée est désintéressée.

Si l'on veut en somme comprendre son attitude
en cette question, il faut se rappeler d'abord qu'il
a l'horreur de toute affirmation définitive, et le
dédain des religions, qu'elles soient laïques ou non.
Sa pensée dernière, on la trouverait dans ce *Dialogue des Amateurs* intitulé *Prédictions* (3).

(1) Voir la belle discussion de MM. J. de Gaultier et Louis Dumur
à ce propos. *Mercure de France*, nos 260, 263, etc.
(2) *Une Nuit au Luxembourg*, p. 164.
(3) Pages 298 et suiv.

M. Del. — Il faut vivre comme si rien ne devait jamais changer. Cette maxime fait le pendant de cette autre : vivre comme si on ne devait jamais mourir. Pourtant nous mourrons et pourtant le monde reverra des révolutions sociales, politiques et peut-être géologiques. A quoi bon nous troubler soit à propos de l'inévitable, soit à propos de l'incertain? Le mot de Louis XV l'égale aux plus fermes philosophes : après moi le déluge.

M. Del. — Et le déluge est venu, en effet, et il ne manque pas de bons esprits pour penser que ce qui pouvait arriver de mieux, à ce moment, c'était le déluge; je ne détesterais pas un nouveau déluge.

M. Del. — Vous savez nager?

M. Desm. — Non, mais je me réfugierais sur les montagnes de l'ironie. Et de là je m'amuserais peut-être beaucoup.

M. Del. — J'en doute.

M. Dem. — Pourquoi cela? Je resterais fidèle à ma philosophie, qui est de contempler d'un œil innocent les mouvements de la vie.

Je pense que M. de Gourmont se résume aujourd'hui dans cette simple, ironique et profonde phrase : contempler d'un œil innocent les mouvements de la vie. Et si les dieux lui donnent l'occasion d'un spectacle révolutionnaire, il est certain qu'il en saura commenter les scènes avec cette haute philosophie, cette ironie et cette acuité de vision dont Rivarol, l'un de ses parrains intellectuels, a donné le magistral exemple en racontant l'autre, dans le *Journal politique national*.

V

On ne peut entreprendre l'examen des phénomènes qu'en les séparant de la chaîne continue du déterminisme. Ainsi nos vues scientifiques sont étroites et fragmentaires. Nous avons saisi l'un des grains du tourbillon de poussière, et, parce que nous en mesurons les facettes, nous pensons connaître tous les autres que le vent emporte. La médiocrité de nos sens ne nous permet pas d'autre expérience, et néanmoins l'ambition de notre esprit prétend formuler des lois. Il faut à toute science des vues générales et, après l'analyse, la synthèse qui va refondre en un tout les éléments d'abord dissociés.

J'ai essayé, choisissant certaines manifestations, de dégager les caractères qui composent l'originalité de M. R. de Gourmont. Il était nécessaire d'ordonner les attitudes de cette personnalité si riche et si changeante. Mais elle est une, et il faut reconstituer cette unité, car tous ces gestes, qui semblent si différents, procèdent d'une même tendance fondamentale. Une même sève circule dans l'arbre tout entier, aussi bien dans les racines qui creusent la nuit que dans les branches où feuillages et fleurs mêlent leurs nuances diverses et leurs parfums distincts.

Il serait bon d'abord de rappeler une direction de plus en plus affirmée ; à travers les livres et les années, l'œuvre s'achemine de l'abstraction vers la réalité concrète. Cette orientation se précise à mesure que l'auteur avance en âge et en sagesse. La vie n'était pour lui qu'un motif à méditation philosophique et la contempler lui paraissait préférable à la vivre. La vie, il ne l'a vue d'abord évoluer que sur le plan intellectuel. C'est l'époque de ces livres où la réalité est froide et toute intellectuelle, malgré la présence d'une sensibilité violente. *Les Chevaux de Diomède* présentent un type complet de cette première étape. Ils portent cette épigraphe révélatrice : *Veritas in dicto*

non in re consistit. Puis, peu à peu, nous assistons
au magnifique spectacle de la vie entrant dans
cette âme. Les fantômes se dissipent comme des
nuées ; les pâles statues dressées par la pensée, ces
déesses qu'il aime d'un amour infidèle, exigeant et
sceptique, baignent peu à peu dans la chaude clarté
du jour. Le marbre illuminé de soleil devient rosé
comme de la chair, les yeux s'allument et les lèvres
sourient. C'est alors *le Songe d'une Femme,* et ses
idylles païennes et sensuelles ; enfin *Un Cœur virginal* où la vie, dépouillée de toute littérature, aime
et rit dans l'instinctive Rose.

Cependant l'intelligence a conservé le sceptre.
Elle impose sa discipline. Elle dirige et domine,
imprégnée de sensibilité toute vive. Cet équilibre si
rare de l'intelligence et de la sensibilité fait aujour-
d'hui la valeur unique de M. R. de Gourmont.
Dans *Une Nuit au Luxembourg,* la vie et la pensée
sont si merveilleusement unies et mêlées que ce
livre est presque invraisemblable. Sans doute c'est
une œuvre de pensée, mais parmi les divers paliers
de cette ascension vers les vérités philosophiques,
il y a des oasis pleines de parfums et de caresses.
A tout dire ce livre est entièrement insolite ; j'hésite à le raconter. Je crains de rendre ridicule une
fable qui, par un miracle d'art, est charmante. « Je
définirais le livre une œuvre de sorcellerie d'où
s'échappent toutes sortes d'images qui troublent les
esprits et changent les cœurs. » Jamais je n'avais
aussi bien compris cette définition de M. A. France.
Pour ramener sur la terre le dieu que des âges
différents nommèrent Apollon et Jésus, pour nous
le présenter habillé comme le journaliste contemporain qui le rencontre, en veston et ganté de gris,
il fallait un art ingénieux et sûr. Ce dieu, dont le
front supporte, au lieu d'une auréole, un vulgaire

chapeau rond, n'est pas grotesque. On ne rit pas ;
on est gagné bientôt par une émotion sentimentale
et sensuelle, jusqu'à ces pages où la hauteur de la
pensée nous subjugue, laisse cette impression de
l'achevé que nous donnèrent les chefs-d'œuvre. Ici
surtout, M. de Gourmont est sérieux sans lour-
deur et profond sans obscurité. Quant au journaliste Sandy Rose, peut-être s'est-il laissé duper.
« Lui » est-ce bien le dieu qui s'appela jadis Apollon et plus tard Jésus ? Un catholique craindrait
plutôt que ce ne fut... l'*Autre*, celui qui dit à Adam
et Eve : vous serez semblables à Dieu ; celui qui
redonne au docteur Faust la jeunesse et l'amour,
enfin l'ange des ténèbres au nom de lumière. Cet
inconnu, dont la voix est séduisante et la pensée
subtile, protecteur des fornications et des philosophes, refuse en effet l'eau bénite : « Je remar-
quai qu'il ne prit point d'eau bénite, et même,
comme j'avançais la main vers la conque, il mur-
mura : Inutile (1). » En somme, il sent le fagot.

J'ai dit ailleurs qu'on trouvait résumées là toutes
les théories de M. de Gourmont. C'est une belle
œuvre de synthèse. Je regrette pour ma part qu'elle
n'ait pas été éditée dans le petit format des Elzévirs.
On aimerait emporter commodément avec soi un
livre qui contient tant de sagesse et tant de sou-
rires.

Il est une autre caractéristique, indiquée au cours
de cette étude, et qui, dans *Une Nuit au Luxembourg*, trouve sa parfaite expression. Il s'agit de
cet équilibre entre la sensibilité et l'intelligence,
dont le rare spectacle augmente encore et rend
plus précieuse la beauté de cette œuvre. Il reste
à éclaircir un peu cette formule. Quelle réalité

(1) *Une Nuit au Luxembourg*, p. 33.

contient-elle ? Que veut-elle exactement dire ? Si
l'on se rappelle que l'intelligence est de la sensibilité
cristallisée, l'explication devient facile. Il y a dans
chaque homme une certaine capacité de sentir et de
comprendre. Mais bien que l'une ne soit que la
conséquence de l'autre, elles ne sont pas égales (1).
Elles sont très rarement dans un rapport constant.
Cette réceptivité est donc limitée. L'homme éprouve des sensations ; elles se cristallisent en idées.
Au bout d'un certain temps, il semble que cette
réceptivité soit comblée, et qu'il n'y ait plus place
pour de nouvelles cristallisations. Dès ce moment,
chaque sensation nouvelle éveille l'écho qu'une
sensation précédente, voisine de celle-ci par sa nature, a déjà inscrit en cette âme figée ; les cristallisations, devenues définitives, modifient tout nouvel
apport des sens.

Chez d'autres hommes, au contraire, à la suite
d'une plus intense activité nerveuse, d'une richesse
physiologique supérieure, chaque nouvelle sensation entraîne une modification psychologique. La
cristallisation paraît n'être jamais que momentanée ;
l'élasticité mentale est telle que cette cristallisation
se renouvelle à chaque sensation. C'est un continuel
rajeunissement de l'esprit toujours vivifié d'air pur,
de réalité portant la fleur de sa nouveauté vivante.
Les plantes classées dans l'herbier sont remplacées
à mesure que leurs nuances et leurs odeurs se
fanent. L'équilibre est constant parce qu'à chaque
sensation nouvelle se forme une nouvelle cristallisation. Il y avait déséquilibre dans le cas précédent,
puisque la lumière sensation venait passer à travers
l'ancien prisme, qui n'était point spécialement taillé
pour elle.

---

(1) Il peut y avoir en effet un enrichissement direct, par la *notion*,
sans l'intermédiaire vivifiant de la sensibilité.

Ce renouvellement perpétuel fait la surprise et l'enchantement de celui qui lit M. de Gourmont. Et de cet équilibre proviennent deux pouvoirs de cet écrivain : sa faculté de synthèse, sa tendance optimiste.

Si le doute est le ferment de l'analyse, l'acide qui permet les dissociations les plus hardies, il est en revanche opposé à toute synthèse. Pour être capable de synthèse, il faut avoir une sensibilité toujours offerte avec joie aux vibrations du monde, il faut pouvoir aimer. Ce n'est pas l'une des moindres étrangetés de M. de Gourmont d'être un maître en ces deux manifestations contradictoires. Mais la synthèse est venue longtemps après l'analyse, lorsque l'œuvre, orientée depuis son départ vers la réalité, s'est vivifiée de lumière et d'espoir. *Une Nuit au Luxembourg* montre le curieux rapprochement des deux tendances agissant côte à côte. Ce livre est une continuelle synthèse toujours soumise ensuite à l'analyse. *La Physique de l'Amour* est aussi un beau livre synthétique ; et peut-être pourrait-on dire que les deux *Livres des Masques* sont de la critique synthétique. La personnalité des écrivains y est dessinée sobrement d'un trait sûr, qui limite seulement le contour. Ces portraits contiennent une telle intuition qu'ils sont demeurés véridiques après une suite d'œuvres qu'on ne pouvait pas prévoir. Mais c'est surtout dans *Une loi de constance intellectuelle* (1) qu'on peut apercevoir ce qui soutient l'œuvre synthétique, cet amour où les sceptiques sont en général impuissants à être sincères. M. de Gourmont y explique avec émotion le génie des premiers âges de l'humanité, la découverte du feu, l'invention de l'aiguille, etc. Et ces

(1) *Promenades philosophiques*, II.

pages vivent par la sensibilité enthousiaste qu'on y voit palpiter.

Il est rare, je pense, de trouver un douteur capable d'une aussi émouvante synthèse ; mais l'union du scepticisme et de l'optimisme paraît encore plus paradoxale. Lorsqu'on a tout nié, quand on a soulevé tous les masques et qu'on ne croit plus en rien, que reste-t-il ? Il reste de croire en soi-même. La vie, pour se maintenir, exige qu'on ait confiance en elle. C'est là qu'il faut trouver la raison profonde de cet optimisme et aussi en la faculté esthétique de M. de Gourmont. Une pareille conclusion ne pouvait être assurée à cette philosophie négative que par la sensibilité de l'artiste. Le philosophe n'aurait guère de raison d'aimer la vie. Mais à côté de lui, mêlé à lui, il y a le poète. Il a écrit de quelqu'un :

C'est même parce qu'il n'est pas très artiste qu'il est pessimiste. Celui qui a le don du style ne fait à la vie d'autre reproche que d'être trop difficile à peindre (1).

Il a peint la vie avec une tendresse attentive ; il a le don du style. « La souplesse solide de son écriture s'enroule merveilleusement à la solidité flexible de sa pensée », ceci, M. de Gourmont l'a écrit de Renan. On peut tout aussi justement le dire de M. de Gourmont lui-même. Mais, sans rien perdre de sa séduction, le style de ce dernier est plus mâle et plus fort. Son pas hardi et cadencé fait sonner allègrement le chemin.

On pourrait expliquer physiologiquement le pessimisme en reprenant la théorie d'équilibre essayée plus haut. Il trahirait un esprit où la cristallisation est définitive, et dont le rajeunissement demeure impos-

(1) *Promenades littéraires*, 1re série, pp. 123 et 125.

sible. Le scepticisme y prédispose par l'examen
constant. Lorsque l'intelligence analyse une réalité
qui nous semble toujours pareille, toujours im-
muable par le fait de notre impuissance à en sentir
et comprendre la virginité chaque jour renouvelée,
alors le pessimisme s'installe en nous ; les vieillards
sont pessimistes. M. de Gourmont surprend toutes
les nuances qui changent l'aspect de la réalité.
Aussi l'aime-t-il avec passion. *Le Songe d'une
femme* débute par une lettre exaltée où Anna des
Loges chante son bonheur — un bonheur encore
imaginaire qu'elle va s'efforcer de construire. Et
le roman se termine sur ces mots : « Je suis heureuse. » De même *Un Cœur virginal* s'achève ainsi :
« Elle était heureuse. » — « Il faut toujours chercher le bonheur, quand on le cherche, on le trouve »,
dit Léonor Varin dans ce même roman. Et je citerai aussi ces lignes exquises des *Promenades
littéraires* (1) :

Le pessimiste ne serait-il décidément qu'un enfant qui
boude dans un coin? Allons, surmontez votre amour-
propre, avancez-vous, faites un beau sourire. Pourquoi
voulez-vous qu'on ne vous réponde pas? Le sourire
appelle le sourire. Pour être heureux, il faut faire d'abord
les gestes du bonheur.

Cependant ces gestes ne nous donneront qu'une
illusion précaire. Le bonheur dès qu'on le touche
nous semble misérable. Nous courons après d'autres
rêves, parce que la réalité est trop circonscrite ;
seul le désir peut contenir l'infini de nos cœurs.
M. de Gourmont reproche aux hommes cette aber-
ration, qui les tend sans cesse vers l'avenir et les
empêche de se plaire au présent. Mais est-il pos-

(1) 1re série, p. 125.

6

sible de réduire nos rêves aux proportions de la
réalité? M. de Gourmont estime que cela est souhai-
table, en bon disciple d'Epicure cette fois. Et s'il
est heureux, c'est sans doute du bonheur amer et
désenchanté de l'immoraliste qui écrivit un jour :
« L'humanité marche sans trêve, vers rien, pour
rien, par nécessité de marcher ou de périr (1). »

La sensibilité est à la base même de l'art, M. de
Gourmont l'a écrit. Mais si elle a servi l'artiste et
lui donna d'écrire de beaux poèmes en prose; si
elle lui permit d'être — ô contradiction ! — en
même temps qu'un érudit informé de tout, un bucolique plein d'agrestes fraîcheurs et de naïvetés rus-
tiques, le contrôle de la raison, la domination, toujours attentive, de l'intelligence, fut un obstacle à
une pure réalisation lyrique. Le poète s'est exprimé
en prose, avec une incontestable maîtrise ; mais ses
vers sont trop conscients pour être beaux. Ils ne
portent pas en eux ce mystère, dont les parent la
production spontanée, le surgissement brusque du
subconscient. Quand le cerveau a pris l'habitude
d'une aussi belle lucidité, la création lyrique devient
plus difficile. M. de Gourmont est surtout un
maître en œuvres d'intelligence. Il n'est pas romantique. Il continue ainsi la tradition française de
notre littérature.

C'est que nous avons en grand mépris le désordre
intellectuel et le déséquilibre de la sensibilité... Qui
n'est maître ni de ses nerfs, ni de sa pensée ne nous
semble pas très digne de pitié (2).

Il s'est défini lui-même lorsqu'il a écrit cela. L'o-
pinion de A. France s'accorde avec celle de R. de

(1) *Epilogues*, III, 161.
(2) *Une Nuit au Luxembourg*, p. 139.

Gourmont : la critique est le plus subjectif de tous les genres.

Voilà plusieurs fois que les noms de ces deux écrivains sont rapprochés ici ; c'est que ceux qui aimaient M. A. France sont allés à M. de Gourmont. Le premier me semble représenter davantage l'érudition pure et simple. Il sait beaucoup et peut citer ses auteurs ; mais il a tout emprunté des anciens philosophes, exceptés son divin langage et son amour des arts. La science contemporaine, il l'a côtoyée sans en tirer d'autres conclusions que celles où M. Berthelot prouva qu'il était aussi mauvais philosophe que chimiste éminent. M. A. France a, pour le moment, changé sa calotte contre le bonnet phrygien ; il est entré en religion. Sa sensibilité, sa sentimentalité l'ont entraîné. En sera-t-il de même de M. de Gourmont ? Il est plus fort et plus libre. Il apprit moins pour savoir que pour réfléchir. Sous l'excitation de la pensée étrangère, il a su créer une œuvre originale. Et le style de chaque écrivain porte bien l'empreinte de ces différences. M. A. France est imbu de souvenirs de l'antiquité au point que, sous sa phrase, on peut, quelquefois, retrouver la trame syntaxique des Latins ou des Grecs. Son écriture est fluide, ondoyante, et, j'ose cette expression, désossée. Elle montre des traits féminins. Le style de M. de Gourmont est nerveux et musclé. La phrase ne s'insinue pas avec des glissements onduleux de félins. Sa démarche est robuste et directe. L'ironie de l'un ne sait que sourire, M. de Gourmont va jusqu'au sarcasme. Il ose cette exagération logique des conséquences, paradoxale pour ceux qui voient seulement le point de départ et la conclusion, sans suivre les raisonnements enchaînés qui y conduisent avec rigueur. Mais, par l'équilibre, la mesure, la clarté, la faci-

lité apparente, ils se rattachent tous deux aux grands
écrivains de la tradition nationale. Ce sont deux
maîtres vraiment français.

M. de Gourmont eut à ordonner les manifestations d'une sensibilité violente. Il est d'un individualisme d'abord agressif, évolué aujourd'hui vers
plus de modération, mais toujours net et hautain.
C'est cette caractéristique fondamentale, qui nous
permet de refondre en un tout les éléments de sa
personnalité. En effet, le symbolisme, l'immoralisme et l'idéalisme, — sur trois plans différents : le
domaine de la sensibilité esthétique, celui des sentiments moraux, celui de la connaissance philosophique — sont des floraisons de la tendance individualiste. Il suffit de se rappeler comment nous avons
caractérisé ces diverses doctrines pour s'en assurer
immédiatement (1).

M. de Gourmont est-il encore aujourd'hui tel
que j'ai dit? On peut se poser cette question, car il
est en continuelle différenciation. J'y suis poussé
aussi par certaines indications données par la IIᵉ
série des *Promenades philosophiques*. Cet idéalisme destiné à le garder libre lui fit prononcer
autrefois un mot imprudent : « Le raisonnement
de Stirner : — Ma vérité est la vérité, — ne me
déplaît pas. C'est de l'idéalisme pur (2). » Mais
ceci ne touche-t-il pas au dogmatisme ? N'est-ce
pas attribuer à *sa* vérité un caractère d'universalité ?

(1) *Le Livre des Masques*, p. 73 : « Admettons donc que le symbolisme c'est, même excessive, même intempestive, même préten-
tieuse, l'expression de l'individualisme dans l'art. » (*Le Chemin de
Velours*, p. 109) : « Si l'on veut savoir en quoi le symbolisme est une
théorie de la liberté, etc..., j'invoquerai de précédentes définitions
de l'idéalisme, dont le symbolisme n'est après tout qu'un succé-
dané. »
(2) *Epilogues*, III, 252.

La sagesse prudente du sceptique, et même de l'idéaliste, tolérerait tout juste cette forme de l'aphorisme : Ma vérité est ma vérité. Encore n'est-il pas certain qu'on puisse affirmer cela sans le corriger d'un sourire. Il semble au lecteur attentif que la pensée de M. de Gourmont soit aujourd'hui plus appuyée et qu'il affirme plus souvent. En outre cet immoraliste qui écrivit un jour : « Le premier devoir d'un être vivant est de vivre et toute vie n'est pas autre chose qu'une somme suffisante de meurtres » (1) laisse entrevoir des idées moins cruellement scientifiques. Mais ces contradictions, nous verrons plus loin sous quel angle on doit les regarder pour en comprendre l'harmonie cachée. Une sorte de sentimentalisme inattendu paraît dans cette IIᵉ série de *Promenades philosophiques*. Il s'est détourné de la vérité qui était *sa* vérité ; il en vient à dire :

Le riche Epicurien, bien décidé à être complètement heureux, souffrirait-il la misère autour de lui? Consentirait-il, pour s'enrichir encore, à exploiter les besoins des autres hommes (2) ?

Voilà donc cet immoraliste qui se préoccupe d'un autre que de lui-même! Il éprouve cette *sympathie* que Nietzsche détestait ; il jette sur les faibles contre lesquels — qu'il y consente ou non — il a conquis son bonheur, un regard de pitié. Cette attitude moins hautaine doit être notée parce qu'elle ne s'était pas affirmée encore d'une façon aussi précise. Il faudrait la comparer, pour en saisir toute la valeur, à cette autre plus ancienne :

Est-ce donc maintenant quand la civilisation s'amollit

(1) *Physique de l'amour*, p. 243.
(2) *Promenades philosophiques*, II, pp. 296, 297.

dans une pitié gâteuse pour les faibles, les humbles, les petits, tous les déchets... etc. (1).

Il semble cependant possible de concilier l'immoralisme et la pitié, et je l'ai essayé plus haut. Une individualité faible sous l'influence de ce sentiment est diminuée de toute la force qu'elle dédie à autrui et qui lui serait nécessaire pour accomplir une destinée normalement développée. Le sentiment est alors détestable parce qu'il détourne un organisme de sa fin, qui est de « vivre et de maintenir la vie ». Mais la pitié peut devenir une vertu lorsqu'elle fleurit au bout d'un surcroît d'énergie. Néanmoins, elle contredit la volonté de puissance puisqu'elle limite l'expansion de la force et la canalise vers le bonheur des autres au lieu de l'employer à l'accroissement de l'individu. Épicure enseignait qu'on peut être heureux avec un pain et de l'eau. Ce bonheur, médiocre et banal, peut-il, dans son humilité, satisfaire la volonté de puissance et ceux qui veulent réaliser le surhumain ? A quelle conclusion devons-nous donc nous arrêter ? Mais est-il seulement indispensable de conclure ? Il reste en somme que les théories doivent s'assouplir assez pour se plier à la réalité inégale et diverse, sans que leurs indulgences puissent diminuer en rien la cruauté du déterminisme dominateur. Le Destin se préoccupe bien d'écraser certains hommes et de lancer les autres vers les sommets de la joie et de la puissance !

Il n'y a ni bon, ni mauvais, ni bien, ni mal, mais des états de vie qui remplissent leur but, puisqu'ils existent et que leur but est l'existence (2).

La nature n'est ni bonne ni mauvaise, ni altruiste ni

(1) *Epilogues*, II, pp. 103 et suiv.
(2) *Physique de l'Amour*, p. 133.

égoïste; elle est un ensemble de forces dont aucune ne cède que sous une pesée supérieure (1).

Le jeu des forces est implacable et ne s'accommode pas des sentimentales prudences des hommes. Néanmoins, je le confesse, à l'attitude penchée que je crois apercevoir ici, je préfère la hauteur et la belle dureté de ces deux fragments :

Vous en êtes arrivé à ce degré d'imbécillité qui fait regarder le labeur, non seulement comme honorable, mais comme sacré, alors que ce n'est qu'une nécessité triste (2).

On sait que les fourmis rousses font la guerre aux fourmis noires, et volent leurs nymphes, lesquelles écloses en captivité, leur fournissent d'excellents domestiques, attentifs et obéissants. L'humanité blanche, elle aussi, s'est trouvée à un moment de son histoire devant une pareille occasion ; mais, moins avisée que les fourmis rousses, elle l'a laissé fuir, par sentimentalisme, trahissant ainsi sa destinée, renonçant, sous l'inspiration chrétienne, au développement complet et logique de sa civilisation. N'est-il pas amusant que l'on nous présente comme anti-naturel ce fait, l'esclavage, qui est au contraire à l'état normal et excessivement naturel chez le plus intelligent des animaux (3)?

Si l'on adopte la théorie de M. de Gourmont lui-même, il convient d'aimer l'écrivain dans les manifestations où il se différencie le plus nettement de tout autre. Le vrai R. de Gourmont, et le plus admirable, il faudrait alors le chercher dans ces pages ardentes et claires où, immoraliste et logicien, il démontre l'utilité sociale du vice (4), l'erreur de

(1) *Physique de l'Amour*, p. 240.
(2) *Une Nuit au Luxembourg*, p. 104.
(3) *Physique de l'Amour*, pp. 220-221.
(4) *Epilogues*, II, p. 255.

l'humanité refusant de se servir de l'esclavage
comme d'un moyen de plus haute réalisation d'elle-
même et, pour ne pas trop multiplier les points de
repaire, je citerai seulement encore les pages : sur
la tolérance (1) ; sur l'insatiabilité ; sur l'horrible
manie de la certitude ; sur la Morale de l'A-
mour (2) ; sur le Parlementarisme (3), et ce sarcastique Paradoxe sur le citoyen (4).

Mais il ne faut pas tenter de concilier des opinions aussi contradictoires ; M. de Gourmont accu-
mule les contradictions, et sans que cela soit toujours prémédité. Il est très sensible, et cependant
il n'est pas sentimental. Il écrira un jour : « Vous
êtes libres quand vous vous croyez libres », et
très sincèrement il a déjà dit : « Rien ne change,
en somme, que par le pouvoir singulier qu'ont les
hommes de se voir différents ; mais se voir ou se
croire différents et l'être, ce n'est pas la même
chose (5). » J'ai parlé de son optimisme ; il n'est
pas niable. Mais la tendance opposée coexiste avec
celle-ci. La sensibilité est optimiste, et c'est l'intelligence qui est pessimiste. Il sourit à la vie, mais
ce sourire est amer et sarcastique dès que l'esprit
en a pris conscience. Il prêche la recherche du bonheur ; il croit qu'on peut le trouver ; et, à côté, il
explique avec une précision désenchantée la vanité
de ce bonheur, qui n'est jamais ressenti, et cette
théorie si âpre et si belle de l'insatiabilité humaine. La perpétuelle activité de son esprit est la
cause de ce perpétuel changement. « La vérité est
que toute question reçoit aussitôt dans mon esprit

(1) *Epilogues*, III, p. 163.
(2) *Culture des Idées.*
(3) *Epiloques*, III, p. 50.
(4) *Epilogues*, I, pp. 143-148.
(5) *Epilogues*, II, p. 51.

toutes les solutions différentes et même contradictoires qui la peuvent résoudre (1). »

Pour mesurer le prix exact que M. de Gourmont attache à ses opinions, il est bon, après les avoir examinées une à une, de les confronter ensemble. On voit alors en face de chacune se dresser celle qui la contredit. Il a aimé telle pensée, il a justifié l'adhésion qu'il lui donnait. Y a-t-il une croyance qui ne puisse être revêtue de vérité par un esprit logique et subtil? Mais par crainte de se laisser subjuguer par cette affirmation, pour si momentanée qu'elle soit, le philosophe lui oppose vite, en souriant, une affirmation contraire. Il assiste, avec ironie, à la lutte de ces deux imaginations ou de ces deux réalités. Il se donne même le délicat plaisir d'appuyer tantôt l'une et tantôt l'autre. Et quand le combat va se résoudre en une victoire et une défaite, indifférent à la conclusion, M. de Gourmont se détourne avec dédain. Il a tiré de ce spectacle toute la joie qu'il pouvait contenir. Il fait signe à un nouveau cortège de comédiennes. « La contradiction nous donne l'illusion de la liberté (2). » Cependant, après avoir fait le tour de toutes les questions, l'esprit même le plus sceptique, même le plus agile, veut se reposer un instant. Il lui faut une halte. Aujourd'hui, la vie semble avoir surmonté la pensée négatrice et pessimiste. Dante, après son voyage en enfer, quitte les ténèbres et retrouve, avec la lumière du jour, l'espérance laissée à la porte fatale.

Mais il sait la fragilité de cette espérance, car il est un impie. Entendez par là qu'il n'a de culte pour rien, de foi dans aucune œuvre des hommes,

(1) *Une Nuit au Luxembourg*, p. 165.
(2) *Epilogues*, II, p. 89.

ni des dieux. Cependant, il croit dans la vie. Du moins il s'efforce de le répéter, comme si cette foi devait s'implanter en lui plus solidement par cette continuelle incantation. Il veut qu'on aime la vie.

Il y a peut-être un sentiment nouveau à créer, celui de l'amour de la vie pour la vie elle-même, abstraction faite des grandes joies qu'elle ne donne pas à tous, et qu'elle ne donne peut-être à personne, si l'on réfléchit bien (1).

Et M. de Gourmont dans son œuvre philosophique a tout fait pour contredire cet amour de la vie, que l'homme apporte ingénument en naissant. Il est expert à analyser les impressions les plus pures, les plus hautes, et à leur assigner des origines physiologiques qui leur ôtent ce mystère dont s'accompagne toute poésie. Malgré cette crudité scientifique, il y a en lui d'exquises naïvetés; il est, quand il veut, bucolique et pur. Mais ce n'est qu'un ingénieux exercice. Il ne peut pas s'abuser lui-même. Il est *l'esprit de litige*. Il est esprit, et chair; il caresse les idées comme de chères maîtresses, avec un sensualisme délicat et violent. Il n'a pas la timidité religieuse des poètes. Sans crainte de sacrilège, il s'est approché des Muses et a dénoué leur ceinture, parce qu'à ses yeux elles sont avant tout des femmes. Il y a en lui l'énergie violente et saine de l'aventurier normand de jadis; cette ardeur puissante et raffinée se dépense dans le domaine spéculatif et se rue sur les idées. Enfin, ceci est tempéré par le goût, don extrèmement classique; il convient de le noter, M. de Gourmont s'apparente à Malherbe.

Celui qui poussa sa barque aventureuse au courant de tous les fleuves a-t-il abordé enfin à l'île

(1) *La Dépêche*, 24 septembre 1908. *La Leçon de Saint-Antoine.*

enchantée de son rêve? Mais il est ce véritable
voyageur qui va sans repos, non pas vers un but,
mais vers ailleurs :

Au fond de l'inconnu, pour trouver du nouveau.

Il ne désire pas s'arrêter quelque jour, mais
changer d'horizon chaque matin. M. de Gourmont
ne pense pas qu'il soit nécessaire, pour être heureux, d'étreindre la vérité, de conduire ses pas dans
le paysage définitif, où l'esprit et le cœur se repo-
seront désormais dans la paresse et la certitude.

Oh! enfant, tout est vrai. Crois, et crois aussi quand
je te dirai le contraire de ceci, car il n'est pas nécessaire
de croire toujours la même chose. La route ne traverse
pas d'identiques paysages. Soyons successivement dupe
des paysages qui violentent nos yeux : c'est le moyen de
ne pas s'ennuyer (1).

Il faut savoir affirmer et croire, ne fût-ce qu'un
instant, car la certitude, provisoire, est le tremplin
d'où nous pourrons bondir plus loin. L'important
est d'avoir du monde une vision personnelle. La
sagesse veut que le philosophe s'arrête auprès de
chaque vérité, et la respire. Il faut les cueillir toutes.
M. Remy de Gourmont n'aura jamais la dangereuse
fantaisie d'en enfermer une dans un médaillon cerclé
d'or pour en faire un talisman et un fétiche. Il a le
mépris de cet enfantillage, si utile aux hommes. Re-
nouvelons tous les matins le bouquet de nos vérités. Elles se fanent vite, mais leur floraison est
quotidienne, et elles sont chaque jour plus belles
et plus nombreuses pour le chercheur de bonne
volonté.

(1) *Proses moroses*, p. 58.

BIBLIOGRAPHIE

ÉDITIONS ET OUVRAGES DIVERS

Un Volcan en éruption, avec vignettes. Paris, Degorce-Cadot, 1882, in-12 (Réimprimé pour la Librairie générale de Vulgarisation. Paris, 1885, in-8). — **Bertrand Du Guesclin**. Paris, Degorce-Cadot, 1883, in 12. — **Tempêtes et naufrages**, avec vignettes. Paris, Degorce-Cadot, 1883, in-12. — **Une ville ressuscitée**, avec vignettes. Paris, Degorce-Cadot, 1883, in-12. (Réimprimé pour la Librairie générale de Vulgarisation. Paris, 1885, in-18). — **Les derniers jours de Pompéi**, avec vignettes. Paris, Degorce-Cadot, s. d. [1884], in-18. — **En Ballon**. Paris, Librairie générale de Vulgarisation, 1884, in-12. Paris, Degorce-Cadot (public. illustrées), 1884, in-4, et Paris, Librairie générale de Vulgarisation, 1885, in-8 (figures). — **Les Français au Canada et en Acadie**, 50 grav. Paris, Firmin-Didot, 1888, in 8. — **Chez les Lapons**, *mœurs, coutumes et légendes de la Laponie norvégienne*, 31 grav. Paris, Firmin-Didot. 1890, in-8.

LES ŒUVRES

Merlette, roman. Paris, Plon et Nourrit. 1886, in-18. — **Sixtine**, *roman de la vie cérébrale* (dédié à Villiers de l'Isle-Adam) Paris, Savine, 1890, in-18. — **Le Latin mystique** : *Les poètes de l'antiphonaire et la symbolique au moyen âge. Préface de J. K. Huysmans*. Miniature de Filiger. Paris, éd. du Mercure de France, 1892, gr. in-8 (Tirage à 220 ex.). Il a été publié, en outre, deux autres éditions successives de cet ouvrage, avec dessin de Filiger. Paris, éd. du Mercure de France. 1895, gr. in-8. — **Litanies de la Rose**, Paris, éd. du Mercure de France et « se vend chez Léon Vanier », 1892, in-16 (Réimprimé dans *le Pèlerin du Silence*. Paris, Soc. du Mercure de France, 1896, in-18).— **Lilith**, (לילית). Paris, des Presses des *Essais d'Art Libre* (Tirage à petit nombre), 17 octobre 1892. in-8. (Il existe un second tirage de cet ouvrage qui fut, en outre, réimprimé deux fois, avec des variantes : *Lilith*. Paris, Soc. du Mercure de France. 1901, in-18 ; *Lilith, suivi de Théodat*. Paris, Soc. du Mercure de France, 1906, in-18). — **Le Fantôme**, avec 2 lithographies originales de Henry de Groux (337 ex ׀ Paris, éd. du Mercure de France, 1893. gr. in-12, broché, avec gardes spéciales. (Il a été publié, en outre, une 2ᵉ éd. de cet ouvrage. Paris, éd. du Mercure de France, 1893, in-8 ; *Le même*, réimprimé dans *Le Pèlerin du Silence*. Paris, Soc. du Mercure de France, 1896, in-18). — **Théodat**, poème dramatique en prose (représenté sur la scène du *Théâtre d'Art* — salle du Théâtre Moderne — le 11 décembre 1892) (tirage : 290 ex. numérotés et monogrammés par l'auteur). Paris, éd. du Mercure de France, 1893, in-12 carré, couverture d'après une étoffe byzantine (Réimpr. : *Lilith, suivi de Théodat*. Paris, Soc. du Mercure de France, 1906, in-18). — **L'Idéalisme**, avec un dessin de Filiger (tirage : 170 ex.). Paris, éd. du Mercure de France, 1893, in-12 écu. — **Fleur de Jadis**, édition elzévirienne (47 ex. hollande van Gelder, numérotés et signés par l'auteur׀. S. nom d'auteur ni d'édit. (Monnoyer imprim., 15 septembre 1893׀, in-16 écu (Réimprimé dans *le Pèlerin du Silence*, etc. 1896, in-18). — **Histoires magiques**, contenant une lithographie de Henry de Groux (tirage : 301 ex.). Paris, éd. du Mercure de France, 1894, in 12 carré (2ᵉ édition. Paris, éd. du Mercure de France, 1895, in-12). — **Hiéroglyphes**, poèmes, manuscrit autographique de 19 feuillets (0 m. 34 sur 0 m. 44), avec une lithographie originale de Henry de Groux en frontispice (tirage : 25 ex.). Paris, éd. du Mercure de France, 1894, in-fol. oblong. — **Histoire tragique de la Princesse Phénissa**, *expliquée en quatre épisodes* (tirage à part du *Mercure de France*); publié à 98 ex numérotés et signés par l'auteur. Paris, éd. du Mercure de France, 1894, in-8 royal (Réimprimé dans *le Pèlerin du Silence*, etc., 1896, in-18). — **Proses moroses** (tirage à petit nombre). Paris, éd. du

Mercure de France, 1894, in-24. (Il existe une seconde édition sans date de cet ouvrage). — **Le Château singulier**, orné de 32 vignettes en rouge et en bleu ; tirage à petit nombre. Paris, éd. du Mercure de France, 1894, petit in-16 (Réimprimé dans *le Pèlerin du Silence*, etc.,1896, in-18). — **Phocas**, avec une couverture et 3 vignettes par Remy de Gourmont. Tirage à petit nombre. Paris, Collection de l'Ymagier et se « vend au Mercure de France », etc., MDCCCXCV, plaquette in-12. — **La Poésie populaire**. [*Livret intitulé de la Poésie populaire par Remy de Gourmont, avec un air noté et des images, le tout suivant la copie imprimée dans l'Ymagier du mois de janvier DDDCCCLXXXVI à Paris aux dépens dudit Ymagier et se vend XV, rue de l'Echaudé, par le Mercure de France au prix de XXXX° et n'en fut tiré que C et XXV copies toutes pareilles et très belles*],in-folio. — **Le Miracle de Théophile**, de Rutebeuf, texte du xiiiᵉ siècle modernisé publié avec préface). Paris, tiré de l'Ymagier et « se vend XV, rue de l'Echaudé, par le Mercure de France », 1896, gr. in-4 écu. — **Aucassin et Nicolette**, chantefable du xiiiᵉ siècle, trad de Lacurne de Sainte-Palaye, revue et complétée d'après un texte original. Paris, L'Ymagier, 9, rue de Varenne, s. d. (1896), in-4 couronne. — **L'Ymagier**.Ouvrage publié en 8 fascicules trimestriels, de 64 pages, d'octobre 1894 à juillet 1896, contenant environ 300 gravures, reproductions d'anciens bois des xvᵉ et xviᵉ siècles, grandes images coloriées, pages de vieux livres, miniatures, lithographies, bois, dessins, etc , de M.-N. Whistler, Paul Gauguin, Filiger, G. d'Espagnat, A. Seguin, O Conor, L. Roy, etc., Paris, 1896, 2 volumes grand in-4. — **Almanach de l'Ymagier, 1897**, *zodiacal, astrologique, magique, cabalistique, artistique, littéraire et prophétique*. Orné de 25 bois dessinés et gravés par Georges d'Espagnat. Vignettes en rouge et en noir Couverture en 4 coul. Paris, IX, rue de Varenne, petit in-4. — **Le Pèlerin du Silence** (*Phénissa. Le Fantôme. Le Château singulier. Le Livre des Litanies. Théâtre muet. Le Pèlerin du Silence*). Frontispice d'Armand Seguin, à la pointe sèche et tiré à la poupée dans les exemplaires de luxe. Paris, Soc. du Mercure de France, 1896, in-18. — **Le Livre des Masques**, *Portraits symbolistes, Gloses et Documents sur les Ecrivains d'hier et d'aujourd'hui* (les masques, dessinés par F. Vallotton, au nombre de XXX, savoir: M. Maeterlinck, E. Verhaeren, H. de Régnier, F Vielé-Griffin, Mallarmé, A. Samain, P. Quillard, A -F. Herold, A. Retté, Villiers de l'Isle-Adam. L. Tailhade, J. Renard, L. Dumur, G. Eekhoud, P. Adam, Lautréamont, T. Corbière, A. Rimbaud, F. Poictevin, A. Gide, P. Louys, Rachilde, J.-K. Huysmans, J. Laforgue, J. Moréas, Stuart Merrill, Saint-Pol-Roux, R. de Montesquiou, G. Kahn, Verlaine). Paris, Soc. du Mercure de France, 1896, in-18. — **Les Chevaux de Diomède**, roman. Paris, Soc. du Mercure de France, 1897, in-18. — **Le Vieux Roi**, tragédie nouvelle (300 ex. numérotés et paraphés) Paris, éd. du Mercure de France, 1897, in-12. — **D'un Pays Lointain**, contes. Paris, Soc. du Mercure de France, 1898, in-18. (La plupart de ces contes avaient paru au *Journal*, 1892-1894). — **Le IIᵉ Livre des Masques** (les masques, dessinés par F. Vallotton, au nombre de XXIII, savoir : F. Jammes, P. Fort, H. Rebell, F. Fénéon, L. Bloy, J. Lorrain, E. Dujardin, M. Barrès, C. Mauclair, V. Charbonnel, A. Vallette, M. Elskamp, H. Mazel, M. Schwob, P. Claudel, R. Ghil, A. Fontainas, J. Rictus, H. Bataille, E. Mikhaël, G.-A. Aurier, les Goncourt, E. Hello). Paris, Soc. du Mercure de France, 1898, in-18. — **Les Saintes du Paradis**, *Dix-neuf petits poèmes*, ornés de xix bois originaux dessinés et taillés par Georges d'Espagnat. (Tirage à 145 ex.). Paris, « se vend à la librairie du Mercure de France », etc. (Achevé d'imprimer LVI, rue de Seine, par C. Renaudie, le XXXI janvier MDCCCXCVIIII, etc.), in-12 cavalier. — **Esthétique de la langue française** (*La Déformation. La métaphore. Le cliché. Le vers libre. Le vers populaire*). Paris, Soc. du Mercure de France, 1899, in-18. — **Le Songe d'une femme**, *roman familier*. Paris, Soc. du Mercure de France, 1899, in-18. — **La Culture des Idées** (*Du style ou de l'écriture. La création subconsciente. La dissociation des idées. Stéphane Mallarmé et l'idée de décadence. Le paganisme éternel. La morale de l'amour. Ironies et Paradoxes*). Paris, Soc. du Mercure de France, 1900, in-18. — **Les Petites**

Revues, *Essai de Bibliographie*. Préface de Remy de Gourmont (200 ex.), Paris [éd. de la Revue Biblio-iconographique]. Librairie du Mercure de France, 1900, in-8. (Cet ouvrage est entièrement de M. Remy de Gourmont). — **Oraisons mauvaises** (poèmes), ornés par Georges d'Espagnat de vignettes en deux tons, jaune souci et vert d'Ecosse. (Tirage : 109 ex.). Paris, éd. du Mercure de France, 1900, in-8 écu. — **Simone**, *poème champêtre* (1892). (Tirage à petit nombre sur papier vergé, couverture en papier peint). Paris, au Mercure de France, 1901, in-16 couronne. *Le même*, avec onze compositions de Georges d'Espagnat. Paris, Librairie du Mercure de France, 1907, gr. in-4). — **Le Chemin de Velours**, *Nouvelles dissociations d'idées*. Paris, Soc. du Mercure de France. 1902, in-18. — **Le Problème du style**, *Questions d'Art, de Littérature et de Grammaire*, avec une préface et un index des noms cités. Paris, Soc. du Mercure de France, 1902, in-18. — **Epilogues**. *Réflexions sur la Vie* [1895-1898], Paris, Soc. du Mercure de France, 1903, in-18. — **Physique de l'amour**. *Essai sur l'instinct sexuel*. Paris, Soc. du Mercure de France. 1903, in-18. — **Epilogues** *Réflexions sur la Vie*, 2e série (1899-1901). Paris, Soc. du Mercure de France. 1904, in-18. — **Judith Gautier**, biographie illustrée de portr. et d'autogr., etc. Portr. frontisp. de John Sargent. Paris, Biblioth. internat. d'édit., 1904, in-18. — **Promenades littéraires**. Paris, Soc. du Mercure de France, 1904, in-18, — **Promenades philosophiques**. Paris, Soc. du Mercure de France, 1905, in-18 — **Epilogues**. *Réflexions sur la Vie* 3e série (1902-1904). Paris, Soc. du Mercure de France, 1905, in-18. — **Promenades littéraires**, 2e série. Paris, Soc du Mercure de France, 1906, in-18. — **Lilith**, suivi de **Théodat**. Paris, Soc. du Mercure de France, 1906, in-18. — **Une nuit au Luxembourg**, roman. Paris, Soc du Mercure de France, 1906, in-18. **Un Cœur virginal**, roman, couvert. illustrée par Georges d'Espagnat. Paris, Soc. du Mercure de France, 1907, in-18. (Il a été tiré de cette édit., 20 ex. de format in-8, pour la Société des XX. Ces ex. portent la signature de l'auteur). — **Dialogues des Amateurs sur les choses du temps** (1905-1907). (Epilogues, IVe série). Paris, Soc. du Mercure de France, 1907, in-18. — **Dante, Béatrice et la Poésie amoureuse**. *Essai sur l'idéal féminin en Italie à la fin du VIIIe siècle*, plus grav. sur bois. Paris, Mercure de France. 1908, in-16 (Collect. *Les Hommes et les Idées*). — **Couleurs**, *contes nouveaux suivis de choses anciennes*, Paris, Mercure de France, 1908, in-18, couv. en couleurs de A. Villette, — **Promenades littéraires**, 3e série. Paris, Mercure de France, 1909, in-18.

PRÉFACES ET NOTICES

G. **Albert Aurier** : *Œuvres posthumes*. *Notice*. Paris, éd. du Mercure de France, 1893, in-8. — **Notice biographique et Catalogue des Œuvres de Clésinger**. Préface. Paris, L'Ymagier, 1895, in-8 (2e éd. en 1903, in-8). — **Gérard de Nerval** : *Les Chimères et les Cydalises*, poésies. Préface. Paris, Librairie du Mercure de France. 1897, in-16 écu. — **Maurice de Guérin** : *Le Centaure*. Frontispice de G. d'Espagnat. Notice. Paris, librairie du Mercure de France, 1900, in-16 écu. — **Georges Duviquet** : *Béliogabale*, raconté par les historiens grecs et latins, etc., préface. Paris, Soc. du Mercure de France. 1903, in-18. — **Ausone** : *Les Epigrammes*, trad. du latin par Charles Verrier. Préface. Paris, Sansot, 1903, in-18. — **Rétif de la Bretonne** : *Les plus belles pages*. Paris, Soc. du Mercure de France, 1905, in-18. — **Gérard de Nerval** : *Les plus belles pages*. Paris, Soc. du Mercure de France, 1905, in-18. — **Chamfort** : *Les plus belles pages*. Paris, Soc. du Mercure de France, 1905, in-18. — **Rivarol** : *Les plus belles pages*. Paris, Soc. du Mercure de France, 1906, in-18. — **Henri Heine** : *Les plus belles pages*. Paris, Soc du Mercure de France, 1906, in-1*. — **Théophile** : *Les plus belles pages*. Paris, Soc du Mercure de France, 1906, petit in-18. — **Ernest Gaubert** : *La Sottise Espérantiste*. Paris, Grasset, 1907, in-16. — **Saint-Amant** : *Les plus belles pages*. Paris, Soc. du Mercure de France,

1908, petit in-18. — Catalogue de Dessins origin. de Rouveyre. Préface. Paris, Galerie E. Druet, 114, rue du Faub -Saint-Honoré, 18-30 nov. 1907, in-8. — Cyrano de Bergerac: *Les plus belles pages*. Pa.i-, Soc. du Mercure de France, 1908, petit in-18. — A Rouveyre: *Le Gynécée*, recueil de dessins inédits. Pars, Mercure de France, 1909, in-4°. — Maurice de Guérin: *Les Plus belles pages*, Paris, Mercure de France, 1909, in-16.

On trouve, en outre, des pages de M. Remy de Gourmont dans les ouvrages suivants : **la Grande Encyclopédie** (articles *Arétin, Arioste, Littérature américaine, Béatrice, Cenci*, etc.); **Congrès intern. pour l'extension et la culture de la langue française**, Paris, Champion. 1906, in-8 (Cf. *la Critique et la Presse quotidienne*) : **Chronique Stendhalienne**, Milan, chez Coffe et Cie, éditeurs stendhaliens, 1907, in-8, etc.

PÉRIODIQUES

Le Monde, La Vie Parisienne (1881) ; *Le Contemporain, Le Monde hebdomadaire* (1882) ; *Revue de l'Enseignement secondaire des jeunes filles, Panurge* (1883); *La Vie Moderne, Les Annales politiques et littéraires* (1884) ; *Le Semeur* (1885); *Bibliothèque universelle*, Lausanne (1887); *Le Voltaire* (1887); *La Revue générale* (1887) ; *Revue littéraire et artistique* (1887); *les Matinées espagnoles* (1885) ; *La Revue du monde latin* (1885); *Revue bleue, Evénement* (1889); *Revue indépendante* (1890); *L'Eclair* (1891 ; *Revue de la littérature moderne* (1891); *Chimère* (1891-1892) ; *Essais d'art libre ; Entretiens politiques et littéraires* 1891-1892); *Revue blanche* (1892-1898); *L'Ermitage* (1892, 1897, 1900. 1907) ; *Le Livre d'Art* (1892) ; *La France moderne*, Marseille (1892) ; *Le Journal* (1892, 1893, 1894); *L'Art littéraire* (1893, 1894); *L'Idée moderne* (1894); *La Coupe* (1895-1896); *Arte*, Coimbre (1895); *L'Epreuve littéraire* (1895); *Le Coq rouge*, Bruxelles (1895); *L'Action libertaire* (1895); *La Province nouvelle*, Auxerre (1896); *Le Réveil*, Flandre et Wallonie (1896) ; *Le livre d'Art* (1896) ; *L'Image* (1897); *Il Marzocco*, Florence (1897); *Le Spectateur catholique* (1897); *La Volonté* (1898); *Rat blanc*, Soignies, Belgique (1898); *Anthologie-Revue*, Milan (1899); *Wiener Rundschau*, Vienne (1899-1900); *La Renaissance* (1899) ; *L'Hémicycle* (1900); *Παναθήναια*, Athènes (1900-1901) ; *la Rassegna internazionale* Florence, (1900-1901); *Fleyrea* (Rome, 1900-1902) ; *La Nacion*, Buenos-Ayres, (1901-1902) ; *Revue Biblio-iconographique* (1901) ; *La Vogue*, nouv. série (1901) ; *Emphorium*, Bergame (1902); *Revue du Nouveau siècle* (1902 : *La Plume. La Revue Hebdomadaire* (1902) *La Roulotte*, Soignies, Belgique (1903) *The Weekly Critical Review* (1903); *Revue du Bien* (1903) ; *L'Etat*, Journal quotidien, 4 avril 1906 (Prospectus), *Mercure Musical* (1906 ; *Viessy* (La Balance), Moscou (1907), *Antée*, Bruges (1907) : Floréal, Luxembourg (1908) ; *La Jeune Champagne ; Le Progrès du Calvados, La Phalange ; Sunday Interocean*, Chicago ; *Das neue Jahrhundert*, Berlin ; *Simplicissimus*, Munich ; *Die Zeit*, Vienne ; *Stimmen der Gegenwart*, Vienne ; *O Paiz*, Rio de Janeiro, *El Globo*, Madrid ; *El Mercurio de America*, Buenos-Aires; *Politiken*, Copenhague ; *Moderni Revue*, Prague ; *Mercure de France* et *Revue des Idées* depuis la fondation; *Soleil ; Supplément du Figaro;Dépêche de Toulouse ; Le Matin ; Revue de Hongrie ; Les Argonautes*, etc., etc.

Signalons à part : *Sainte Poupée*, gravure sur bois en couleurs et divers autres bois dans *L'Ymagier*, ainsi que *Les Chevaux de bois*, mélodie pour la poésie de Verlaine, dans le *Mercure Musical*, janvier 1906.

A CONSULTER

Ad. van Bever et **Paul Léautaud** : *Poètes d'Aujourd'hui*, nouv. éd., t. I. Paris Soc. du Mercure de France, 1908, in-18. — **Jules Case** : *Tablettes littéraires*, Paris, Ollendorff, 1909, in-18. — **Louis Denise** : *Remy de Gourmont*. notice publiée dans *les Portraits du prochain siècle*. Paris, Girard, 1894, in-18. — **Arnold Goffin** : *A propos de style et d'esthétique*. Bruxelles, Soc. Belge de librairie, 1903, in-8. — **Jules Huret** : *En-*

quête sur l'Evolution littéraire. Paris, Charpentier-Fasquelle, 1891, in-18.
— **Georges Le Cardonnel,Ch. Vellay** : *La littérature contemporaine. Opinion*,1905, *des Ecrivains de ce temps*. Paris, Soc. du Mercure de France, 1906, in-18. — **Francis de Miomandre** : *Visages*.Bruges, A. Hebert, 1907, in-8. — **M.-C. Poinsot** : *Anthologie des Poètes normands contemporains*. Paris, Floury, 1903, in-18. — **Pierre de Querlon** : *Remy de Gourmont*, biographie illustrée de portraits, dessins, etc., suivie d'opinions, de documents et d'une bibliographie, par Ad. B. (Ad. van Bever). Paris, Sansot, 1903, in-18.
— **Giuseppe Vorluni**,*Remy de Gourmont*. Napoli, Detken et Rocholl, 1901, in-8 (Tirage à part de « Flegrea »),
PÉRIODIQUES — **Jacques Bainville** : *Un scepticisme nouveau, M. Remy de Gourmont*. « Minerva », 15 août 1902. — **M. A. Barrenechea** : *Remy de Gourmont· novelista*. La Nacion (Buenos Aires), 27 novembre 1908. — **Sem Benelli** : *Letterati contemporanei : Remy de Gourmont*, Emporium (Bergame), tome XIV, nº 28. — **Eugène Demolder** : *Remy de Gourmont*. L'Art moderne. Bruxelles, 9 janvier 1898 — **André du Fresnoy** : *Remy de Gourmont romancier*. Mercure de France, 15 mai 1907. — **Louis Dumur** : *Pythéas ou fantaisie philosophique en l'honneur de M. Remy de Gourmont et de ses plus récents ouvrages*. Mercure de France, mai 1894 ; *De Nykomnai den franska litteraturen*, illustr. « Ord och Bild » Stokholm, octobre 1898 ; *Remy de Gourmont*. Weekly Critical Review (Paris), octobre 1903. — **Emile Faguet** : *Promenades littéraires*, Revue Latine, 25 août 1906. — **Anatole France** : *Le Latin mystique*. Le Temps, 11 décembre 1892. — **Jules de Gaultier** : *L'Estetica della lingua francese*. Rassegna internazionale, 15 septembre 1900 ; *De la nature des vérités*, Mercure de France, septembre 1901 ; *L'Evolution biologique et le pouvoir intellectuel*.Revue des Idées, 15 octobre 1908. — **A Van Gennep.** *Y a-t-il progrès de la civilisation?* Revue des Idées, juin 1908. — **Pierre Lasserre** : *L'Esthétique de la langue française*. Revue philosophique, mai 1899. — **Jean Lorentowicz** : *Z Litteratary francuskieij : Remy de Gourmont*. Krytyka (Cracovie), mars 1903, et Ludznow (Varsovie), 30 septembre-6 octobre 1906. — **Jean Mas Y Pi** : *Un disociador de ideas*. La Reforma (la Plata), 10 janvier 1907. — **Camille Mauclair** : *Quatre médaillons d'artistes : Remy de Gourmont*.La Chronique des livres, 25 septembre 1900. — **Charles Maurras** : *Le Latin mystique*, Gazette de France, 5 décembre 1892. — **Marcel Noppeney,** *Remy de Gourmont*, Floréal (Luxembourg), mars 1908. — **Nestor** (Henri Fouquier) : *Le dilettantisme*. Echo de Paris, 26 mars 1891. — **Prodikos** : *Remy de Gourmont*.La Nacion (Buenos-Aires), 6 novembre 1906. — **A.Pujol** : *De quelques opinions d'un sceptique anti-protestant*. Le Protestant, journal, 21 et 28 février 1903. — **Pierre Quillard** : *Remy de Gourmont*, Mercure de France, juin 1893. — **Barao de Santo Alberto** : *Remy de Gourmont*. A Tarde (Rio de Janeiro), 3 avril 1899. — **Marcel Schwob** : *Le Latin mystique*. Mercure de France, novembre 1892. — **G. Vannicola,** *Remy de Gourmont*, La Vita (Rome), 28 avril 1908. — **Alfred Vallette** : *Malveillance*. Mercure de France, mai 1891. — **H. de Varigny,** *L'Intelligence humaine s'accroît-elle?* Le Temps, 21 novembre 1908. — **Charles Verrier**: *Remy de Gourmont*. Le Soleil, 29 octobre 1904.

ICONOGRAPHIE

F. Maillaud : *Deux portraits au crayon*, reprod. dans l'ouvrage de Pierre de Querlon : *Remy de Gourmont*. Paris, Sansot,1903, in-18. (Le même contient d'autres portraits). — **F. Vallotton** : *Masque*, reprod dans la revue « Ord och bild » de Stockholm, octobre 1898. — **A. Rouveyre**, *Visages*, VIII. Mercure de France, 1er mars 1909. — **Flandrin**, *Portrait au crayon*, gravé sur bois par Vibert. 1909. — Voyez en outre un portrait publié d'après un document photographique dans Weekly critical Review, 1903.

AD. VAN BEVER.

LES HOMMES ET LES IDÉES

Cette nouvelle Collection: *Les Hommes et les Idées*, est une œuvre de vulgarisation, dirions-nous, si ce mot, dont on a tant abusé, n'était suspect. Cependant, il n'en est pas d'autre, peut-être, qui la qualifie exactement, pourvu qu'on le prenne dans son sens le plus élevé et le plus général.

Mettre à la portée de tous, dans un format commode et à un prix minime, la connaissance précise des hommes et des idées d'aujourd'hui, et même d'hier, tel est en effet notre but.

Sans prétendre à l'universalité, notre domaine sera des plus étendus: les lettres, les sciences, l'histoire, la philosophie et toutes les études variées leur servant de base, enfin tout ce qui peut intéresser celui qui cultive son intelligence et veut se tenir au courant du mouvement intellectuel.

Ce lecteur, auquel nous faisons appel, se formera en même temps et à peu de frais une petite bibliothèque utile et d'intérêt durable.

Pensant que beaucoup de personnes désireront recevoir, au fur et à mesure de leur publication et sans avoir à les commander, les ouvrages de la Collection *Les Hommes et les Idées*, nous avons établi un abonnement par séries de douze (de 1 à 12, de 13 à 24, etc.), aux prix suivants:

France........ 7 fr. 50 · Etranger........ 8 fr.

OUVRAGES EN PRÉPARATION

Rudyard Kipling et la Littérature anglo-indienne, par HENRY-D. DAVRAY.

La Magie, sa Théorie, sa Pratique, ses Rapports avec la Religion, par A. VAN GENNEP.

Jules Renard, par HENRI BACHELIN.

Les Idées et le Théâtre de G. Bernard Schaw, par W. L. GEORGE et RAYMOND LAUZERTE.

Gustave Le Bon et son Œuvre, par EDMOND PICARD.

www.ingramcontent.com/pod-product-compliance
Lightning Source LLC
Chambersburg PA
CBHW060433260626
47161CB00005B/1906